趙少咸文集

趙少咸 著

詩韵譜

中華書局

圖書在版編目(CIP)數據

詩韻譜/趙少咸著. —北京:中華書局,2016.4
(趙少咸文集)
ISBN 978-7-101-11618-2

Ⅰ.詩… Ⅱ.趙… Ⅲ.①《詩經》-韵律(語言)-研究
Ⅳ.①I207.222②H111

中國版本圖書館 CIP 數據核字(2016)第 048569 號

趙少咸文集

詩 韵 譜

趙少咸 著

*

中 華 書 局 出 版 發 行
(北京市豐臺區太平橋西里 38 號 100073)
http://www.zhbc.com.cn
E-mail:zhbc@ zhbc.com.cn
北京市白帆印務有限公司印刷

*

700×1000 毫米 1/16 · 15 印張 · 3 插頁
2016 年 4 月北京第 1 版 2016 年 4 月北京第 1 次印刷
印數:1-1500 册 定價:60.00 元

ISBN 978-7-101-11618-2

〡一卌〤章　〢〡〇〣句

周南篇十〡章卅六句〡〥〩
召南篇十〤章卌句〡〧〧
邶篇十〩章〧〡句〣〦〣

鄘篇十章卅句〡〧〦
衛篇十章卅〤句〢〇〤
王篇十章廿〨句〡〦〢

鄭篇廿〡章〤〨句〢〨〣
齊篇十〡章卅〤句〤〣
魏篇七章十〨句〡〢〨

唐篇十〢章卅〣句〢〇〣
秦篇十章廿〧句〨〡
陳篇十章廿六句〡〢〤

檜篇〤章十〢句〤〥
曹篇〤章十〥句〦〨
豳篇七章廿〧句〢〇〣

鹿鳴什章〥〥句〣〥
南有嘉魚什章〤〦句〢〧〢
鴻鴈什章卅〦句〢卅

節南山什章〦〩句〥〥〢
谷風什章〥〤句〣〥〦
甫田什章卅〩句〢〩〦

魚藻篇十〤章〦〣句〣〇〢
文王什章〦〦句〤十〤
生田什章〦〥句〤卌〣

蕩篇十〡章〤〡句〢〦〩
清廟什章十句〩〥
臣工什章十句〡〇〦

閔予小子什十〡章十〡句〡卌〢
魯篇四章卅〣句〡〤〣
商篇五章十〦句〡〥〤

平 上 去 入

1 东1 1 董0 1 送0 1 屋19

2 支2 2 宋0 2 沃20

3 齐18 1 荠0 3 霁

4 [illegible]17 3 [illegible]0 4 [illegible]0

5 皆11 4 骇0 5 怪0

6 模15 5 姥0 6 暮0

7 先 7 霰 3 屑20

8 萧5 6 筱 8 啸 4 没21

9 [illegible]7 7 [illegible]0 9 [illegible] 5 [illegible]28

10 庚12 8 梗0 11 映0

11 蒸13 9 [illegible] 12 [illegible]

12 歌10 10 [illegible]0 13 [illegible]

13 麻3 11 [illegible] 14 [illegible]0 6 [illegible]22

14 支4 12 [illegible]0 14 [illegible] 7 [illegible]25

15 阳10 13 [illegible] 16 [illegible] 8 [illegible]21

16 侯14 14 [illegible]0 17 [illegible]0

17 [illegible]8 15 [illegible] 18 [illegible] 9 合23

18 侵9 16 [illegible]0 19 [illegible] 10 [illegible]

19 [illegible] 11 [illegible]24

:8 11 9 10(14)

19 16 19 11

65

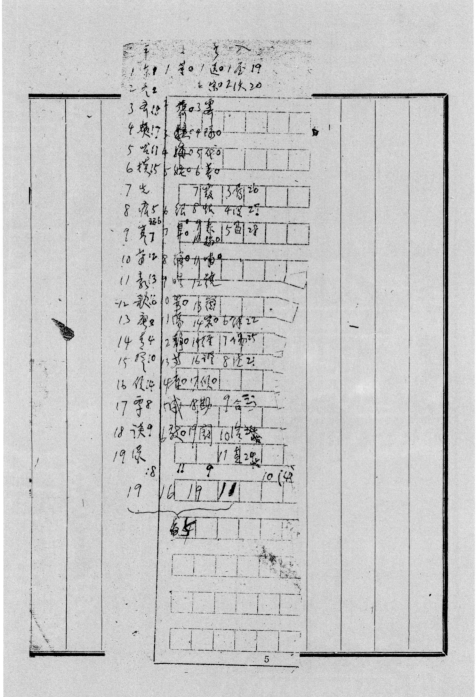

出版説明

趙少咸（一八八四——一九六六），字世忠，我國傑出的語言學家。

趙少咸先生雖然著述豐富，但因爲戰亂和「文革」，其公開發表的作品並不多。上世紀八十年代，趙先生家屬和學生開始搜集、整理其遺稿，得《廣韵疏證》《經典釋文集説附箋殘卷》《詩韵譜》《手批古書疑義舉例》《增修互注禮部韵略校記》《唐寫本切韵殘卷校記》《唐寫本王仁昫刊謬補缺切韵校記》《敦煌掇瑣本切韵校記》《故宫博物院王仁昫切韵校記》《唐寫本唐韵校記》《趙少咸論文集》等。我們則自行訪得《古今切語表》的刊本。

這些書稿有的爲先生及學生手稿，有的爲先生哲嗣趙吕甫整理稿，水平不一，除論文集進行了加工整理外，其他的我們采取影印的辦法，將趙先生的作品共十一種一次推出，《廣韵疏證》前不久已由巴蜀書社出版，此次不納入文集。

此次出版，得趙振銑、趙振錕先生的大力支持，在此謹致以誠摯的謝意！

中華書局編輯部

二〇一五年十二月

目録

序

成都趙少咸先生者，近世小學之大師也。一九三五年秋，中央大學教授蘄春黄季剛卒于位，吴汪公旭初方主中國語言文學系，夙知先生殫精潛研，妙達神旨，以爲繼黄公而以音韵文字訓詁之學授諸生者，惟先生其選，遂禮聘焉。清寂翁詩云：「趙君别我東南行，南雍博士來相迎。垂帷著述不炫世，蜀學沈冥人自惊。」即詠其事也。余與先生女夫郫殷石臞同門相友善，及先生至金陵，因肅謁。中日戰起，先生返鄉。余亦轉徙數年後流寓成都，以先生紹介，得承乏四川大學講席。蜀中名德勝流，以其遠來，每樂與接，而先生尤善遇之，所以飲食教誨之者甚至。犹憶余偶舉揚子《方言》代語之義，質其所疑。先生爲反復陳説，娓娓數百言；犹恐其未了也，翌日别作箋諭之。蓋其誨人不倦，出自天性有如是者。抗戰云終，余出峡東歸，其後屢經世變，踪迹漸疏，然數十年前侍坐請益之樂，固時往來于胸臆。

先生平時著述凡數百萬言，于《經典释文》《廣韵》二書，用力尤劬，詳校博考，各爲疏證，下逮段懋堂，周春兮之纂述，亦皆辯以公心，評其得失。蓋自乾嘉以來三百年中，爲斯學既精且專，先生一人而已。

先生既返道山，哲嗣幼文、吕甫及文孙振鐸諸君，护持遺著，兢兢恐有失墜，故中歷浩劫而大體完好。今者將次第印行。吕甫來告，命序其端。余于小學懵无所知，虽間讀先生之書，而如翹首以瞻石廩祝融，但嗟峻極，不敢贊辞。然亦幸先生之學，由子姓門人整齊傳布，終得光大于天下後世。因略陳所懷，以復于君，殊不敢言爲先生遺著序也。

一九九〇年六月，門下士程千帆敬題

趙少咸生平簡介

趙先生諱少咸（一八八四——一九六六），字世忠，成都人，祖籍安徽休寧。先生四歲發蒙，習《孝經》《爾雅》等，八歲入私塾習四書五經，後就學于成都名儒祝念和。

祝念和是貴州獨山莫友芝的學生，具反清復明思想。在祝念和的指導下，先生「閱讀的書籍由四書五經逐漸轉移到明末的遺民文學作品」（先生語〔一〕）。

一九〇四年，先生考入四川高等學堂就讀。期間，隨着社會接觸面的增大，接受了當時的新思想，尤其是「孫中山、章炳麟的革命理論」，「于是初步對于滿清王朝有了一些認識，同時也開始培養起反清復漢的狹隘民族主義的思想」（先生語）。

一九〇五年，先生與謝慧生、盧師諦、張培爵、黄復生、徐可亭、饒炎、蕭參、祝同曾、李植、許先甲、劉泳闓等人組成「乙辛社」，「以推倒滿清政府爲目的」，外人謂之「小團體」。先生在成都會府東街的住宅也成爲了團體成員集會的地點。該團體後成爲孫中山先生領導的同盟會的一部分。

「一九一一年十月初二，重慶獨立，即由張培爵等號召成立軍政府。當時川東、川南軍政内外大小職務用團體内的人爲多」（先生語）。

袁世凱篡位後，先生等乙辛社成員旋即加入討袁的鬥爭中。一九一三年，討袁軍敗，團體成員多亡命上

〔一〕文中所引先生語皆摘自上世紀五十年代初先生寫于四川大學中文系的《自傳》中。

海、南洋諸地，先生留于成都家中。一九一四年，團體成員薛仁珊從上海返回重慶，爲軍警逮捕，軍警在其日記裏發現先生在成都的住處。是年中秋，成都將軍胡文瀾下令逮捕先生。是日，先生被捕并被关押于陆軍監獄。兩个多月後，終因灌罪無據加之街鄰親友具保而獲釋。

先生早年受章太炎學術思想影響很深，在獄中時，朝夕僅得《説文解字》一書，默誦心識，暫忘痛苦。「我早年便很敬佩章太炎的學問文章和革命精神，平時也就喜歡翻閲他的著述，到了此時，便開始文字音韵學的專研了」。這是先生從一个民主革命者轉向語言文字學者、教育工作者之始。

一九一八年，先生在成都聯合中學、省立第一師範教授《説文解字》。繼而又執教于第一女子師範、華陽縣中學、成都縣中學、省立第一中學。一九二二年，執教于成都高等師範。一九二八年，執教于公立四川大學。一九三七年，執教于中央大學。一九四三年，執教于四川大學，兼任中文系主任、文科研究所導師。解放後，繼續執教于四川大學直至去世。

先生教書育人，作爲一个教育工作者，他把自己一生的心血都傾注在學生身上，殷切希望更多的學生能爲傳播祖國文化而打下堅實的基礎。先生的學生余行達生前曾回憶道：「一九四三年先生兼四川大學中文系主任時，我是他指導的研究生兼助教，常常要我通知中文系同學，把他規定閲讀的四史帶來系主任辦公室，親自檢查斷句情况，解析疑難。至于他指導的研究生，必須按月交呈作業，連寒暑假也不例外。」先生尤其注重培養英才，從上世紀二十年代起，李一氓、徐仁甫、殷孟倫、殷焕先、李孝定、周法高、余行達、易雲秋等都深受先生教導和器重。據殷孟倫、余行達等生前回憶：先生曾在自己住宅裏專闢一間小教室，備有黑板、桌几，開办免費講習班，經常利用星期天在此對他們專施教誨。這一批人以後都成爲了漢語言文字學界的佼佼者。時爲四川大學講師的余行達、易雲秋二人，因曾參加过國民党三青團，解放後被開除公職遣返回原籍。先生因愛其才，惜其才無用武之地，甘願冒着一定的政治風險，于一九五三、一九五四年分別將二人邀至家中協助他編撰《廣韵疏證》《經典釋文集説附箋》二書，直至一九六二年二書編撰完成。并每月從自己的工資中拿出七十餘元付與二人作爲他們的生活費，時間长達二年之久，爾後改由四川大學支付二人工資。

先生治學勤奮，數十年如一日。及至垂暮之年，尚未有絲毫懈怠。他在上世紀五十年代所作的《如何讀〈經典釋文〉》一文中寫道：「我以垂暮餘年，精力智慧，素不如人，今更衰退，還想整理經籍舊音，會粹前人所説，審别其是非，似近輕妄。昔賢曾説『一息尚存，此志不容少懈』。我敢不竭盡自己一點淺薄技能，寫出素來積蓄，請教于當代治斯學者，得到批評，實所至願。」《廣韵疏證》《經典釋文集説附箋》這兩部各近三百萬字的巨著即先生經數十年的潛心研究，而在耄耋之年編撰完成的。

先生生平著述甚多，除上述《廣韵疏證》《經典釋文集説附箋》兩部代表作外，尚有著述近二十餘种。然一九六六年「文革」開始，十月，先生的家被紅衛兵所抄，所有書籍、手稿被洗劫盡淨，頓時「玄亭論字淪牛鬼，廣韵成疏没草蕪」[二]。十二月二十日，先生飲恨辭世。

「文革」結束後，先生的書籍、手稿得以部分退還，但皆殘破不堪，少有完整者。若《廣韵疏證》《經典釋文

(二) 引自先生學生鍾樹梁《過將軍街趙少咸師故宅》詩：「趙公故宅盡泥塗，來弔先生立巷隅。道上競馳公子馬，牆頭不見丈人烏。玄亭論字淪牛鬼，廣韵成疏没草蕪。手捧雪冰當酒醴，高天厚地胡爲乎。」

子附考證》《校刻四聲切韵表》等手稿則已全部遺失（後二种爲自刻本）。集説附箋》，原一爲二十八本，一爲三十本，而幸存者各不及十本。其他如《説文解字集注》、四十卷《校刻荀

爲避免先生的畢生心血付之東流，上世紀八十年代末，學生佘行達、易雲秋、趙吕甫等人著手整理先生遺著。費時數年，整理完成《廣韵疏證》。先生嗣子趙吕甫更以十載之力，整理完成《趙少咸論文集》。遺憾的是，先生的另一巨著《經典釋文集説附箋》終未能整理復原。

此次蒙中華書局厚愛，《趙少咸文集》得以出版，了却了先生的遺願，先生的在天之靈聊得以告慰。

趙振鋜　趙振鐃

二〇一三年十月

毛詩韻例緒言

昔吳才老論古韻、分部疏而攟證雜、顧亭林因之專就詩作音、分為十部、兼論韻例之梗概、　江慎修因之分為十三、又用陳第本證旁證之條、復作韻例、以見三百篇綱紀、段若膺因之、取說文諧聲、參合立說、分部十七、夫文字始乎倉頡而迄乎東京、歷世遼長、音豈無異、觀楚騷、司馬揚班之韻、與三百篇異、況三代以上乎、夫同一而聲、耎在寒、需在侯、同一堇聲、墐謹在痕、難嘆在寒、同一夋聲、俊在魂、酸在桓、其聲耳聲在咍、而齊之斯弭從之、㕣聲獻聲在寒、而曷末韻兗巘等字從之、大聲世聲在曷、而盍葉等字從之、殳聲在侯、而股殺從之、豈非文字諧聲、於古已相殊異之證歟、又如裘求一文、於詩有咍蕭之別、昏從民聲、於詩有䰟先之判、敎則雜見于蕭豪、今則兼入于先青、此詩音與諧聲復異、故不能合并以為證也、字固有以雙聲為聲者、段氏多以合韻論之、於詩則拘兩句必韻之例、顧江所謂不韻者、亦以合韻論之、故戴氏詒書譏斥、自是而降、分部迭增、至餘杭章君為廿三部、皆推演段氏之律而成、蘄春黄君本錢氏古無輕脣舌上正齒之說、馮依古聲以為分立韻部之埻的、而古韻卅部之界明矣、今循其說、隸繫詩韻焉、昔顧氏謂古無入聲、謂四聲一貫、江氏剖別四聲、立分與別收二目、以通其變、段氏謂古無去聲、而入聲之媲配、或陰或陽、孔顨軒復從無入者

庚辰十二月廿五日訖

議以幷於陰去、後之君子莫不由之、然于緝盇獨以配陽、王懷祖乃析至泰為無平上者、緝盇為無平上去者、章太炎謂陰入有質曷術、陽入有緝盇、蓋俱本諸孔氏、黄季剛持古有平入而無上去之議、於理固周、然詩中四聲分劃顯然不紊、必曰平與上一也、去與入一也、則於證實鮮、今仍本江氏四聲分立之例、其有雜用者亦仍之、蓋詩之四聲雜用猶敎令之兼在蕭豪先青、而蕭豪先青不以敎令之兼入而遂幷合、則四聲分立之理、亦如是矣、

讀詩拙言謂詩本音粗言韵例、古韵標準始立條目、惟謂烈、文為東陽合用、絲衣為之尤合用、此例他無所見、本顧氏立雅頌

無韻之章、若從隨處有韻之條、則二例俱可不立、餘者可信、孔氏生江氏之後、遠從顧說、創奇耦韻例以為綱領、謂四句之例有四固也、謂八句即疊用之而成十六例、如謂尹氏大師章為疊用關雎首章例、不知秉國之均不弔昊天均天正隔協見其隔三句遥協例謂就其深矣章疊用鵲巢例、不知此正孔氏助字韻例、二矣字相叶、四之字相叶、方泳亡喪相叶、舟游相叶、不與鵲巢例合、謂不我能慉章前用關雎例、後用卷耳例、不知售乃雝之隸變、本非去聲、此章蓋雝售一韻、慉鞫覆育毒一韻、平入不可合也、謂昔我往矣章為前用鵲巢例、後用卷耳例、觀其助字韻例注謂漢廣篇其思與矣矣與之必特用同部之字、使聯讀句尾仍自成韻、則此章矣思亦當同例爲韻、謂肆筵設席章、爲前用卷耳例、後用竹竿例、不知席酢陽協御斝陽協、不當以爲一韻、謂天之牖民章爲前用竹竿例後用卷耳例、不知平入不當合一、牖民與牖民亦韻、謂菀彼桑柔章、爲前用鵲巢例、後用竹竿例、此見其兩韻陽協、柏舟注中既爲陽協、則非無韻矣、凡此七者、皆不當如孔氏所云、其三韻例注云九句當每韻三句、或首韻二句、次四句、次三句、或首韻四句、次三句、次二句、此三條、詩皆未見、如是則孔氏非循詩求例、乃蒐肌造律矣、又謂如翬斯飛句、實從翬字轉韻、故二句而有三韻、仍與上三句相配、尤音節之美者、案三章風雨鳥鼠與除去芋正相韻矣、何爲不舉乎、又謂頍弁首章蔦與女蘿、蘿字文不屬上而借上韻之音轉下、與商頌既載清酤同意、案此與雨無正二章三事大夫與上居叶、而不與夜夕惡韻、小旻或哲或謀與上止否膴(釋文韓詩作腜)叶、而不與艾敗叶、大田四章來方禋祀與上止子畝喜下祀韻而不與黑稷福叶、諸篇同矣、又皇矣三章維此王季與上對季韻、亦不與下文諸句韻、而孔氏於此則云義亦屬下然季字實藉上韻餘聲、又於采芑三章方叔率止注云、此句文既屬下、止字雖偶合、不可謂之韻、三章句法同、而三其說、是謂隨意立詞、無定例矣、又其十句三韻例注云、觀岷及篤公劉之三四章韻法皆反對、亦見詩多巧格、兩韻隅協例云、詩之為道貴錯變不貴拘整首尾韻例注云、格不欲拘、助字韻例云、古人行文變化不拘如是、又云文無常唯其當而已、夫既沓沓言之矣、而立偶句從奇韻例者何耶、又於兩韻例三韻例四韻例兩韻陽協例、勤勤於句例之辨者又何耶、詩本音不可方思注云、古人之詩無虛無韻、不必兩句一韻、如後人五言之法、又孔棘我圉注云一二章俱一一句一韻、上下各協、獨此章束字不可韻、此見古人之文以意為主、而不屑屑於音節之疏密、小有出入、終不以韻而害意也、昭晰如是、孔氏從顧者也、何為自作桎梏以相拘囚、然於其例難通者、不得不作扶去藩籬之語矣、今於孔氏諸例、其同於江而名異者坿見其名、其足補正江氏者、方詳載之、其奇耦韻例

諸說、概弗之取、以其疏則違乎顧江、以其密則乖于王臧也、
孔顨軒論韵以句、丁竹筠加密而論以字、推厥本、實原臧在東
之論、采四聲一貫之旨、合韵之規、證其字字皆韵之理、而命以
名曰單句類連句類間句類連章類隔章類、每類又分細目、末
立錯韵短句韵長句韵起韵收韵綫韵六者爲變韵類、劈肌分
理、共七十三目、詩三百十一篇千一百卌一章、依江氏四聲通
用條所舉居七之一、是通用實非詩之常、再諗通用之則、平与
上上與去去與入爲最、平與去上與入次之、平與入惟三條、昔
夏嗛甫論詩之韵必分四聲、又謂三百篇所用入與平不相通
借、丁氏概以入合於陰、多與平通、實顯違乎經例、蓋自韵密之

理曰彰、而四聲分用之律曰晦、夏氏雖有其說、人莫肯用之以自障隔也、今若循分用之規、丁氏所定當刪薙者多矣、今就邶谷風篇論之、韻例云、隔章遥韻、其舉證亦隔章、今云葑送遥韻、行與違方泳遥韻、梁與亡喪遥韻、甫與賈昔遥韻、皆非隔章、又韻例之韻、皆指句尾、今行違方泳三宴一反二匪與涇二及甫與賈昔皆為句首、一章勉二章遠為弟三句、正射、四章勉為弟五句、與葑送皆弟二字、又不合於其例也、線韻者、上下皆有數韻相叶、中間數句無韻、惟有一字可叶、則上下因此相聯、此篇無以之以、有喪之有、謂為線韻、如其說則當云以與上不有采采下德等為韻、有與上其矣之之其矣之之有之下之等為韻、斯皆聯句也、又謂渭濁之渭、不閱之不、及爾之爾為線韻、如其説則當云渭與下爾正錯韻、上章弟正連章連句錯韻、不与上不以爾與上既、正間二句爾又与下既既比亦連句、準以三章肩恤錯韻、六章三我錯韻之例、斯三者皆錯韻、非線韻也、宴爾新昏見自叶、猶江氏所云章首章尾之遥韻者、新昏聯語、本雙聲也、未可強命為合韻、宴去反淺上則不當韻、新昏不成韻則民頼亦非線韻、首章風陰心音与二章心叶四章深凡相叶、然念去聲、且單見甘無与侵合者、念甘俱無韻、深凡當謂之曰錯、亦非線也、歌部諸字、徧布六章凡二十見、用丁氏之例、當名為經韻矣、而仍曰緯、若剖析平上、則二何間字韻、宜為則遠不相當宜叉單見不為韵、二章我乃首見、非線韵矣、冬窮自韵、中亦單見、与躬並遠中既非起、躬亦非線、違方諸字相叶、然行亦單見、不与之埒、凡亦不為線韵、本篇言線韵者八、今訂之無一可者也、韵例以四章方泳亡為閒句第一字數韵、此云二亡与涇遥韵、生收韵、案段注説文亡古讀如芒則不可韵涇、而涇生俱非韵矣、濁入而笱後上不可為韵、谷太遠無由稱起韵、洸與喪隔章、位亦差互、亦不得稱收矣、六章三我既名錯落、亦可不謂之收也、如是而名收則凡韵字稀密在末者、俱得名收、不亦瑣瑣乎、案韵例起韵條、關雎以雎為起、然四女上二寤去不可也、三差三左用河引起、左上不可也、邶柏舟以柏為起然柏亦正連句閒字、丁以亦如為閒句、案亦入如平不可也、韵例收韵條、謂關雎四女二寤用鼓為收、案女鼓正連句閒字日月三章方良忘韵、四章用方為收、此二東方為連章遥韵、終風三風一心用陰為收、亦連章遥韵、再簡其疏密遠近亦相差并是韵例已闊、何能通貫邪、韵例謂五字以上皆為長句、韵本篇反以我為讎昔育恐育鞫、皆長句也、而無長句韵之標目、全經亦不見是与短句韵俱虛設矣、韵例謂湜湜其沚為四疊韵、案湜是聲、在支与其平沚上、俱不為韵、他證皆雜用四聲、則四疊韵之目當廢、谷風宏篇也、應兼多例、然其不合顧如此、丁氏拘於字字皆韵、故多强詞、然詩固有全篇字字皆韵者、如樛木螽斯之屬是也、至關雎葛覃之雎君瑟鍾黄鳥集灌服氏父、皆無韻之字也、然丁氏以雎子女寤為起韻、說見上灌于二言二辭為起韻、案灌去而言平辭上、且拘執字位謂君與輾合、瑟與子合、鳥與告合、氏與兮正射、皆四聲不同、又黄與鳴寧合、鍾與荇合、四聲同而位又疏矣、丁氏不顧韻理之當否、虛張類目、彌縫其闕、故申叔數譏其合韻焉、昔在東之議韻也、國風雅頌無别、丁氏顯判為工、雅頌中即明題此篇例同國風者、其韻亦疏、國風韻别經緯、雅頌復無、觀毋逝我梁四句谷風及小弁注韻實絶、是丁氏以意定韻而已、愚謂遥韻當坿連章一例、將連章之閒數句及正射四目不限同韻并合隔章者、而改正之、又舉其短句韻長句韻在本章者入錯韻、連章隔章者入遥韻、起韻收韻綫韻亦如是、若本章但一見、連章隔章雖見、而不在同位之句、則原不為韻矣、詩之叶以韻、不以字也、今取單句連句間句連章四類之以同字又立同韻之目者、分别并合之、則韻例大減矣、詩本音云、夫音與音之相從、如水之於水、火之於火也、其在詩之中、如風之入於竅穴、無微而不達、又云以後代作詩之體、求六經之文、而厚誣古人以謬悠忽恍不可知不可據之字音也、豈其然乎、丁氏兹編、殆不免此失矣、

金壇段君始立合韻之説、戴氏王氏嘗刺其失、以今觀之、如謂緜以陾合韻、薨登馮興勝字、女曰雞鳴以來合韻贈字、此孔氏

所謂對轉者、謂公劉以舟合韻瑶刀、君子陽陽以敖合韻陶翿、孔氏所謂幽宵通、後世所謂旁轉者、謂緜以膴韻飴謀龜時、小是以膴韻謀、段謂韓詩作腜、七月以葽韻蜩、夏小正葽作幽、此皆毛用本字則非韻、韓及小正用假借則在本韻、韓奕以幭韻戹、他經幭作幦、文王有聲以淢韻匹、韓詩作洫、段謂毛用假借則非韻、從他經用本字則在本韻、以上三條後賢莫之能易也、又謂七月以穋韻麥、昔李因篤謂二句不入韻、以下句夫字為韻與圃稼協、若嚴四聲之律、則李說亦非、此殆以圃稼與我稼之稼叶、穋與菽叶、禾麻亦叶、我我亦叶、故三句句尾無韻、猶鴟鴞首章以鴟鴟鴞鴞我我相叶、故三句句尾亦無韻、臧在東謂室與毀叶、取與無叶、其說大謬、實之初筵以禮至合韻、王懷祖謂禮禮相叶、至字不入韻、段氏以偶句必韻、故鴟鴞亦以室子合、是皆以非韻為合韻者、孔氏頗改正之、又謂閔予小子以疚韻造考孝、丁氏以疚與止子止韻、造與考孝韻、賓之初筵以呶韻傲、孔王俱云號呶為韻、是皆以誤叶而云合韻者、又謂角弓以附韻木猷屬、王氏云從木從蜀、皆侯部之入聲、音均表以為幽部之入、於是楚茨六章之奏祿、角弓三章之裕瘉、六章之木附屬、桑柔十二章之穀垢、皆不以為本韻、而以為合韻、又謂抑以疚合韻庚、載馳以閟合韻濟、江晉三云、質櫛屑三韻當配脂齊、則疾閟等字皆其本音、是皆四聲誤承而以為合韻者、又謂月出以懆合韻照燎紹字、案段注說文懆愁不安也、下云懆訓愁、慘訓毒、音義皆殊、寫者多亂之、白華作懆、見於許書、月出正月抑皆作懆入韵、二説顯牾、證諸亭林、此失立見、又謂匏有苦葉以軌合韵牡、王伯申訂軓為軌誤、此因誤字而以為合韵者、周去上古遠、而詩本夏音、較諸往古、自有流變、漢代師讀有殊、迻寫斯異、是以本別字亦别矣、江氏謂有韵之文未易讀者、斯亦一端、段氏不循江氏韵例、亦不自作例、因多誤讀、孔氏作例矣、然創奇句耦句之規、立百卌目以通其説、周孔時地夐絶、孔引易傳真耕相通以明詩之證、不知詩易之音、元不相比也、案詩之真耕相通者、惟令零領三字、易騷則繁、未可因易而訂詩之眾讀、謂羣叶後後、慘叶照燎、近叶偕遹、訊叶萃退、君叶類比、怨叶萎婑叶何、原叶阿池、為對轉之（相叶謹）條、不知輩君近嫄四者皆無韵之句、慘為誤字、訊誶本通、原叶泉泉、惟怨萎當從段讀在脂與敦惇亹釁之例相似、未可概謂為對轉也、對轉之說、用之訓詁圜全而周帀、以字假借者、多屬雙聲、雙聲者、發音已同、成為對轉、其韵首韵腹又同、相同者多、轉移自捷、徒因韵尾之差、遂為異字矣、若詩則不然、其相叶也、本取乎歌聲之緤末、故必分陰陽別四聲、不用雙聲者、以其緤末之聲本不齊一也、就詩中字音差池之狀亦不可以對轉議、如裘求一文、詩則咍蕭分屬、敖兼入蕭豪、青先相通、覃通于登、覃登又通于冬、冬東亦多雜用、莫聲兼入寒魂、此聲兼入齊灰、本經異讀如是、斯固當時方音之變、非關乎對轉為也、故孔氏謂以對轉為韵者、可信至少以本非詩律也然段謂蒙伐有苑徂賚孝孫不敢怠遑皆為合韵、孔以句數之律而訂為非是也、然謂王舒保作之作當從陽魚對轉、讀震驚徐方之方為甫而與作陽協、不用韵者仍止三句、此則以句例言對轉而又失矣、嚴鐵橋合段孔之說、以證成其十六部之通轉、謂時舊相叶、里里舊相叶、為之宵通、不知舊本久之借也、以氏从乁聲、說文乁讀若移、以詩之易知祇相叶、卑祇相叶、為支歌通、不知漢讀移音已同于今、非在歌也、即以仲氏任只氏只相叶、則固在齊詩無氏聲之字與歌相叶者、嚴說無據、丁竹筠斜集三家之語、循其字位相當之律、而徵驗其字字皆韵之說、如一飛也、振鷺合止、菀柳合惕瘵邁一矣也、韓奕合道考攸、何彼穠矣合釣、又在小戎云人合音、素冠云人合三心、候人云人合心南、常棣云人合凡今、烈文云人合刑、凱風云浚合二人、棫樸云漢合天人、桃夭云蕡合蓁人、載馳云君合人因、大東云飧合二薪二人、白華云雲合田薪二人、簡兮云庭合上一人、君子偕老云清合人鴻鴈云征合三人、何人斯云聲合陳身人天、清廟云承合天人、一人字而貫通乎寒魂青登覃五部之間、與亭林識集傳讀家如公如谷之難為音者何以異、凡定一字之音、當以句尾所常共見者為之則、今雖加密亦不當逾越常軌以為法、庶幾得三百篇之正韵、而非後世凴臆推度之音也、嗛父謂合韵者、即變音之濫觴、變音者、又合韵之展轉殽混者也、鄙見謂必三百篇婁見婁合、又審其音之弇侈洪細不甚縣絕、然後定其為合韵、不得因一二字之偶合而自亂其例、旨哉言乎、夫侵之變蒸冬、真之變耕、脂之變支、斯三者、攷乎釋文較乎廣韵、皆可見其顯然之跡、則自周漢以来聲音日趨乎今之勢、愈近愈繇、故段氏曰知古合韵即音轉之權輿、又云此今韵即唧字入職韵之所因也、又云小弁以雎合韵伎枝知、為此聲字入十六部之始也、故知三百篇之音、皆上有所承、下有所授、非屹然獨立為一世之音也、反觀孔嚴丁三氏之定則異是矣、夫詩以意為主、自二句以至卌八句、皆言一事、必意盡以成章、不限于句之多寡也、句以聲為主、自二字以至八字、必須聲韻諧和、曲應金石、俱得成文、不限于字之多寡也、是以野有死麕三章前二章俱四字四句、三章乃五字三句、簡兮三章前二章皆四字、三章首二句皆三字、中三句皆四字、末句五字、卷耳四章皆四字、惟二三章末二句皆五字、因知詩之字句本無定格、是以詩本音曰、古人之文以意為主、而不屑屑於音節之疏密、小有出入、終不以韻而害意、讀詩拙言曰、毛詩之韻、不可一律齊也、蓋觸物以攄思、本情以敷辭、從容音節之中、宛轉宮商之外、如清漢浮雲、隨風聚散、蒙山流水、依坎推移、以二家之論、知定韻不當規規

於安排字句之閒、如後世律詩為也、
戴東原答段書曰、緜首章瓞漆室為韵、節奏自合、蓋緜緜瓜瓞
一句、其意已足、民之初生、自土沮漆、兩句一氣讀、其意始足、詩
中用韵、使語止而有餘音、此類甚多、又云載芟篇、載穫濟濟一
句、其意已足、有實其積、萬億及秭、兩句一氣讀、其意始足○論詩
句有韵無韵之理、莫詳於是矣、詩戛金石、被管絃、而和以人聲、
韵之用重矣大矣、固無韵之句、非竟無韵也、其韵有例焉、依江
氏隔章章首遥韵之例、則關雎之參差荇菜、漢廣之翹翹錯薪、
樛木之南有樛木、甘棠之蔽芾甘棠、亦當為韵、詩聲類聯韵例
注、謂章尾聯韵、云若于嗟麟兮其樂只且、皆本不合正韵者也、

若于嗟乎騶虞送我乎淇之上矣、其首章合正韵、其下疊之、乃但聯韵而本章無韵矣、愚謂在章首亦然、若葛之覃兮、首章與下萋飛喈叶、次章則否、采采芣苢、首章苢采苢有相叶、次章三章俱否、若前所舉關雎四例、皆但聯韵者也、推章首章尾之例、則數章中之同一句者其字亦可相叶、如葛覃之施于中谷、首章與木叶、次章但取聯韵、行露之誰謂女無家、三章與牙叶、前章則但取聯韵、若谷風之宴爾新昏、樛木之樂只君子、皆但取聯章者也、亦有本句自叶不叶本章、如采采卷耳爰有寒泉何蓑何笠氓之蚩蚩皆三字相叶者、如豈不爾思、先君之思、皆四字二韵者、士如歸妻、豈不懷歸、皆下二字叶者、子之不淑、愛而

兩

不見、皆中二字相叶者、晛睆黄鳥、凡今之人、皆上二字相叶者、朝隮于西、仲氏任只、皆第二第四字相叶者、大夫跋涉、焉得諼草、皆第一第三字相叶者、遭彼汝墳、兄弟鬩于牆、皆首尾二字相叶者、此皆無韵之句也、而皆有韵矣、丁氏單句韵盡之矣、夏嗛父云、有行文不能倒用、而取韵仍在上一字、如蝃蝀遠兄弟父母、取韵在父字、與兩韵、父母無倒用之理、嗛父雖創此說、而未及本經之他證、案七月閟宮俱有黍稷重穋禾麻菽麥、菽麥自成語、而穋菽亦自叶、如言告師氏、師與下歸私衣韵、降喪饑饉、饑與下威叶、瘨我飢饉、飢與上威叶、謀猶回遹、回與上威叶、邦君諸侯、諸與上夫叶、四方有羨、有與里痗叶、畇畇原隰、原與上山叶、自古有年、有與畝耔薿止士叶、播厥百穀百與下碩若叶、韎韐有奭、有與矣止叶、乃厥王季、王與商康行王叶、履帝武敏歆、敏與祀子止叶雖無老成人、成與刑聽傾叶、投我以桃、以與止李子叶、周餘黎民、黎與推雷遺遺畏摧叶、因是謝人、謝與下御叶、王命卿士、卿與明明叶、時周之命、之與之思思叶、在詩裯疊如是、足明其說非虛妄也、王懷祖云、賔之初筵以洽百禮、百禮既至、此以兩禮字為韻、而至字不入韻、四海來格、來格祁祁、亦以兩格字為韻、凡下句之上二字與上句之下二字相承者、皆韻也、愚案此例極塙、如段謂禮至為韻、然有四聲之嫌、顧氏以祁與里止海叶、然有之脂之隔、如王氏讀、則無閡塞矣、然此亦有二例、王以至祁為無韻、一例也、凱風之吹彼棘心、棘心夭夭與下勞叶、崧高之寢廟既成、既成藐藐、藐藐與下蹻蹻濯濯叶、則皆轉韻矣、二例也、尚有崧高維嶽、與下維嶽閒句相叶、而厥初生民、與下生民亦閒句相叶、惟崧高閒句之天與神叶、生民則嫄與何不叶、是亦二例也、準上諸端、凡句尾無韻者、其句中相叶、或聯句相叶、鏗鏘鼞鞳、節奏自然、由人心成、非由外作也、詩有風雅頌之别、而取韻之密固無殊、今丁氏曰同國風、同雅頌、是强為之别、失其本真矣、正義謂八字句者、十月蟋蟀入我牀下、我不敢傚我友自逸、此即戴氏所謂兩句一氣讀其意始足者、則孔氏丁氏計算字句而為之律亦非矣、

詩韻例 凡諸家之韻不合于三十部者不錄

江云一章一韻

如關雎首章 有後章仍用前章韻者、如車攻七八章、正月四五章、靈臺三四章、

江云一章易韻

如關雎二章 有屢易者、如載芟良耜、易韻不可不審、如斯干八章乃生男子不易韻、而九章乃生女子則易韻、詩体固不拘也、如謂是一韻、以舊讀瓦儀議羅皆叶地裼似非古音、以顧氏說讀地如陀既未安而裼字亦不可強讀如嗟以為間句又非體、惟陳氏轉韻之說得之、但陳氏不知瓦字韻連下耳、若鹿鳴首章、大東二章易韻甚分明、誤叶而平聲弟一部弟九部皆与弟八部混而一之、有乖古韻矣、

孔氏有二、句獨韻例、如定之方中首章陟岵首、章二句獨別韻起此 凡通章同韻、而首

詩之達例、是以載馳首章驅侯自為韻、而驅馬悠悠之悠不与侯同部、小戎三章羣錞自為韻、楚茨四章熯愆自為韻、而蒙伐有苑祖賚孝孫皆非韻句、不當章合謂文元可通、 又有末、二句換韻例、如碩人二章韓奕二章

○凡通章同韵而末二句獨別韵結，此亦詩之達例。如白駒四章前三章皆不換韵而末章無金玉爾音而有遐心二句換韵，小宛六章前五章皆不換韵而末章戰戰兢兢如履薄冰換韵於一篇之尾，特變其調以爲收聲。又有兩韵例，如采蘩三章四句 斯干四章五句六韵 北門首章七句此章助字哉之自協亦未嘗於第五句轉韵矣七句七韵 淇奧首章九句六韵此皆奇句兩韵之定法 雨無正五章六句四韵 瞻彼洛矣首章六句四韵 緜五章六句五韵 殷武四章六句五韵此皆奇句兩韵之變例 鹿鳴首章八句六韵 甫田首章十句十韵 頍弁首章十二句七韵 此皆偶句兩韵之正例，如駉首章八句八韵 將仲首章八句六韵 閟宮八章十句十韵 雲漢首章十句五韵 抑五章十句六韵 篤公劉二章十句九韵 皇矣二章十句六韵 有客十二句八韵 此皆偶句兩韵之變例。又有三韵例，如長發七章六句六韵 東山三章十二句八韵 斯干六章八句七韵 生民二章八句七韵 十月之交八章八句六韵 常武五章八句八韵 生民四章八句七韵 篤公劉三章十句八韵 大叔于田二章十句八韵 氓三章十句六韵四章十句八韵 抑九八章十句六韵 篤公劉五章十句九韵 抑七章十句七韵 黃鳥首章十二句九韵 韓奕四五章十二句八韵 溱洧首章十二句八韻敬之十二句九韻韓奕六四章十二句八韻又有四韻例如巧言三章八句八韻篤公劉六章十句九韻瞻卬三章十句八韻小戎二章十(二)句九韻東山二章十二句八韻楚茨六章十二句九韻

經韻恆格。略具於此。

江云連句韻

連兩句如關關雎鳩在河之洲 連三句如言告言歸薄汙我私薄澣我衣 連四句如維葉莫莫至服之無斁 連五句如揆之以日至爰伐琴瑟 連六句如北流活活至庶士有朅 連七句如老使我怨至不思其反 連八句如氓之蚩蚩至子無良媒 連九句如匪居匪康至爰方啓行 連十句如濟濟蹌蹌至孝孫有慶 連十一句如黄

耆無疆至湯孫之將　連十二句如秋而載嘗至魯邦是常七月五章連八句嗟我婦子非韻烈祖黃耇無疆与下連韻上文賚我思成至時靡有争別是一韻此類今皆正之

孔曰疊韻例　君子偕老首章　君子于役首章●凡首句無韻則第三句多有韻各舉奇偶一章以見例　斯干九章首句不韻末句之上加一韻　韓奕三章●凡篇章將終重加一韻以盪其聲詩每有之亦奇偶各舉一章以見例

丁曰連句弟三字韻　如桃夭二章草蟲一章之類

連句弟四字韻　如關雎之鳩洲葛覃之萋飛萋限于二句相接者　連數句弟三字韻　如卷耳四章砠瘏痡吁漢廣一章休游求廣泳永方之類●凡此皆孔氏助字韻例所云以上文一字為韻者　連數句弟四字韻　葛覃二章莫濩綌斁之類

江曰閒句韻

閒一句　如窈窕淑女君子好逑　閒二句　如嗟我婦子曰為

改歲入此室處 有閒句誤以為韻、如赫如渥赭、「徂賚孝孫工祝致告、無不克鞏」「克咸厥功」「建爾元子」「不敢迨遑」之類、今皆正之、詩本音桑柔四章下云上二章俱一句一韻上下各協、獨此章東字不可韻、此見古人之文以意為主、而不屑屑於音節之疏密、小有出入、終不以韻而害意也、 又曰隔數句遙韻、抑三章 克共明刑与興迷亂于政遙韻 蕳句及中間皆非韻、又此篇第九章其維哲人數句皆無韻 臣工一章 此篇韻不分明「如何新畬」似与來咨來茹遙韻

有客一章 以縶其馬隔三句

孔曰空韻例、斯干八章、生民六章。 此二條通章用韻而空韻在章首者 定之方中三章、六月六章。 此二條為第三句空韻例 碩人三章、楚茨二章。 以上奇句耦句各舉三例凡詩閒句用韻者、其加一韻、恒在首句、或次句之下、或末句之上、故比句用韻者、乃特於此三處無韻、蓋相反以為法也。比句用韻而必空一句無韻者、所謂密者疏之也。

戴東原答段若膺論韻書曰、緜首章縣漆穴室為韻、節奏自合、蓋緜緜瓜瓞一句 其意已足、民之初生自土沮漆兩句一氣讀、其

意始足、詩中用韻使語止而有餘音、此類甚多、又曰、載芟篇載穫濟濟一句、其意已足、有實其積萬億及秭兩句一氣讀、其意始足、故積字非韻、○丁曰、間數句第四字韻間二句葛覃一章谷木、間四句賓筵一章秩設、間五句抑三章政刑

江云隔韻遥韻

桑中首章 送我乎淇之上矣與唐鄉姜平去遥韻、中間中宮自為韻、舊㕦叶誤、 巧言首章 首尾且辜憮憮辜為韻中隔昊天已威二句、威罪平上自為韻 楚茨首章 以介景福与前遥韻、以鄉食以祀以妥以侑上去自為韻

生民首章 時維后稷与攸介攸止上入遥為韻 載震載夙載生載育二句自為韻 三章 鳥覆翼之与牛羊腓字之去入遥韻中間二林字自為韻 八章 以迄于今与上帝居歆遥韻 中間時祀悔平上自為韻 瞻卬二章 女覆說之与女覆奪之遥韻、中間兩罪字自為韻女反收之雖叶女反有之而有收韻不諧、宜各以本音讀之、此處不必泥韻、韻在奪說兩字耳、 酌

一章 首以師晦韻末用嗣師遥韻、中間受造自為韻、 孔以桑中首章生民三章為二、

句間韻例 愚案此本以句末二之相韻、林林韻、矣矣韻、去吰訏路韻、 生民八章為三、句間韻例

歆讀為興、今讀為今、与登升韵、愚謂此以豆豆韵、登升韵、歆今遥
韵、時祀悔韵、孔又以臣工之艾帝為通韵、年人閒協、良耜之人盈
寧為通韵、角續二字閒協、其論閒協是。通韵俱非。丁氏從之。誤。

江云隔韵 凡

兔罝一二三章 首句与弟三句韵、次句与弟四句韵、後倣此、 行露三章 牙與家韵、墉与訟韵
小星一二章 野有死麕首章 何彼襛矣首章 柏舟三
章 石席韵 燕燕一二三章 雄雉首章 飛懷韵 谷風首章
風心韵 氓五章 寐遂韵 黍離一二三章 離靡韵 葛藟一二三
章 藟弟韵 蘀兮一二章 蘀伯韵 揚之水一二章 水弟韵 南
山二三四章 兩蕩韵 何何韵 甫田一二章 田人韵 碩鼠二三章
鼠女女韵 蟋蟀一二三章 堂康荒韵 采苓一二三章 言旃韵 終

南一二章有止韻　魚衣一二三章衣師韻　下泉一二三章
泉嘆韻　東山首章蠋宿韻　二章實室韻　四章飛歸韻　狼跋
首章　四牡二章　皇皇者華首章　常棣七章合翕韻
天保五章弔質韻福食韻　采薇一二三章薇歸韻　四章何何韻
出車二章旐悄韻　杕杜一二章杜盬韻　魚麗一二三章
六月首章棲騤韻　二章成征韻　吉日二章同以韻　沔水二
章水隼韻　白駒三章駒侯游韻、來期思韻、駒音鉤、來音釐、舊叶誤、此章分明是隔韻、誤讀則鉤侯皆失本
音、平聲第十一部之韻不分明而來別音云俱反、游別音汪胡反、他處亦無此音。韻例之有關係如此。　節南山八
章惡懌韻　十月之交四章士宰史氏韻　小宛五章扈寡韻、顧氏通一章爲韻亦不必、
巧言六章勇尰韻　大東三章泉嘆韻　魚藻一二三章

菀柳一二章柳蹈韵　白華四章七章　瓠葉二三四章
何草不黄四章　大明六章天革韵。孔下有命字、　七章旅野女韵　皇矣
二章屏平韵辟剔韵　行葦二章席酢韵御斝韵　卷阿九章鳴生韵岡陽韵　桑柔
五章狖恤韵　六章風心韵　七章國力韵　九章林譖韵　瞻卬五
章祥亡韵　六章罔亡韵　召旻五章富疚韵　六章竭竭韵　雝
十六句皆陽韵　閟宮三章解帝韵　三句陽韵　葛覃首章兮萋飛喈韵、谷木韵、
采芑首章芑畝止試韵田千韵　二章芑止韵田千韵鄉央韵　三章止止韵天千韵　韓奕首
章甸命韵道孜韵　孔氏有兩、韵、隔、協、例　有斯干七章羆蛇韵　四
牡二章騑歸韵馬盬處韵　卷阿首章歌歌韵南音韵　柏舟三章石席韵轉卷韵
節南山三章師氏維毗迷師韵均天韵　三、韵、隔、協、例、采芑三章隼蔽協、天千協、鼓旅韵、淵闐韵

澗韓作干

四、韻隔協例瞻卬二章田人協、有收協、罪罪協、奪説協、

江云四聲通韻江氏以四聲分協為正例、故以通韻為變例而立之

關雎三章芼樂去入為韻　漢廣一二三章廣泳永方平上去通韻　鵲巢首章居御平去為韻　小星二章昴裯猶平上為韻　野有死麕首章包誘平上為韻　日月首章土處顧上去為韻　擊鼓二章中宋忡平去為韻　谷風四章舟游求救平去為韻　泉水三章舝邁害去入為韻　君子偕老二章翟髢揥皙帝去入為韻。翟釋文作狄云本亦翟則所據本不作翟也、　三章展袢顏媛平去為韻　桑中首章唐鄉姜上平去為韻　蝃蝀三章人姻信命平去為韻　定之方中二章虛楚平上為韻　淇奧一二章僩咺諼平上為韻　考槃首章澗寬言諼平去為韻　氓三章葚耽平上為韻　四章隕貧平上為韻　六章怨岸泮宴晏旦反上去為韻　黍離一二三章離靡平上為韻　揚之水三

章蒲許平上為韻　中谷有蓷二章修歗淑平去入通韻　兔爰二章罦造憂覺平上

去通韻　緇衣一二三章館粲上去為韻　叔于田二章狩酒好上去為韻

大叔于田三章慢罕上去為韻　清人三章軸陶抽好平上入通韻　遵大路首

章袪故平去為韻　丰首章丰巷送平去為韻　風雨三章晦已喜上去為韻　子衿二

章佩思來平去為韻　野有蔓草首章漙婉願平上去通韻　溱洧首章渙蕑平去為韻

著首章著素華平去為韻　甫田三章孌丱見弁上去為韻　猗嗟三章孌婉選貫

反亂上去為韻　碩鼠首章鼠黍女顧土所上去為韻　蟋蟀首章莫除居瞿平去為韻

揚之水二章皓繡鵠憂平上去入通韻　三章鄰命人平去為韻　綢繆二章芻隅逅平

去為韻　杕杜二章菁睘姓平去為韻　羔裘首章袪居故平去為韻　葛生

四章夜居平去為韻　駟驖首章阜手狩上去為韻　小戎首章續轂馵玉屋曲去入為韻

三章辟鍏苑平。上。爲韻　宛丘三章缶道翿上。去。爲韻　墓門二章顧予上。去。爲韻

月出三章照燎紹懆上。去。爲韻　羔裘三章膏曜悼平。去。爲韻　匪風二章

飄嘌弔平。去。爲韻　蜉蝣三章閱雪説去。入。爲韻　候人首章祋芾去。入。爲韻

七月首章火衣平。上。爲韻烈褐歲發去。入。爲韻　二章火衣同上　鴟鴞首章勤閔平。上。爲韻

東山三章垤室窒至去。入。爲韻　鹿鳴二章蒿照恌傚敖平。去。爲韻　四牡五章

駸諗平。上。爲韻　伐木三章阪衍踐遠愆平。上。爲韻酤鼓舞暇湑上。去。爲韻湑　采薇首章

家故平。去。爲韻　三章疚来去。入。爲韻　出車首章牧來載棘去。入。爲韻　二章郊旐旆平。

上。爲韻　杕杜四章來疚至恤去。入。爲韻　魚麗六章有時平。上。爲韻。　南有嘉魚

首章罩樂去。入。爲韻　四章來又去。入。爲韻　彤弓首章藏貺饗平。去。爲韻　二章

載喜右上。去。爲韻　三章櫜好醻平。去。爲韻　采芑首章芑畝止試上。去。爲韻　四章

讎猶醜平上為韻 車攻二章 好阜草狩上去為韻 六章 駕猗馳破平去為韻 斯干首章
苞茂好猶平上去為韻 三章 除去芋平去為韻 九章 瓦儀議罹平上為韻 節南山首章
巖瞻惔談斬監平上為韻 五章 屆闋去入為韻 六章 定生寧醒成政姓平去為韻 十章 誦訩邦平
去為韻 正月十章 輻載意去入為韻 十月之交五章 時謀萊矣平上為韻 六章
向藏王平去為韻 八章 里痗上去為韻 雨無正五章 出瘁去入為韻 小旻首章 從用
邛平去為韻 二章 哀違依底平上為韻 小宛二章 克富又去入為韻 四章 裘試平去
為韻 楚茨首章 祀侑上去為韻 四章 熯愆平上為韻 祀食上入為韻 大田二章 稺火
上去為韻 裳裳者華四章 在宜平上為韻 桑扈首章 扈羽胥祜平上為韻 頍
弁二章 上柄臧平去為韻 車舝二章 鷸教平去為韻 五章 仰行平上為韻 賓之
初筵二章 能又時平去為韻 三章 反幡遷僊平上為韻 采菽三章 股下紓予平上為韻

命申平去為韻　五章哉矣平上為韻戾字非韻　角弓二章遠然平上為韻　三章裕瘉
上去為韻　五章駒後傴取平上去通韻　六章木附屬去入為韻　菀柳一二章柳蹈
上去為韻　瓠葉二章燔獻平去為韻　何草不黃三章虎野暇上去為韻　文
王首章時右平上為韻　八章臭孚平去為韻　大明首章上王方平去為韻　緜九
章附後奏侮上去為韻　旱麓四章載備祀福上去入為韻　六章藟枚回平上為韻　皇
矣二章椐柘為韻　八章附侮上去為韻　靈臺二章囿伏去入為韻濯翯沼躍上入為韻
文王有聲三章欲孝去入為韻　生民三章字翼去入為韻去呱訏路平去為韻　五章
道草茂苞褎秀好平上去為韻　七章軷烈歲去入為韻　八章時祀悔平上為韻　行葦三章
樹侮上去為韻　既醉五章時子平上為韻　六章壼胤上去為韻　假樂首章命申
平去為韻　公劉二章原繁宣嘆巘平去為韻　六章館亂鍛上去為韻　泂酌首章

嘻母上去爲韻　卷阿八章天人命平去爲韻　民勞五章安殘綣反諫平上去爲韻　板首章
板癉遠管亶諫上去爲韻　四章虐謔蹻耄熇藥去入爲韻　六章益易辟去入爲韻　八章明王平上爲韻旦衍上去爲韻
蕩五章止晦上入爲韻　七章時舊平上爲韻　八章揭害撥世去入爲韻　抑首章疾戾去入爲韻
四章尚亡章兵方平去爲韻　五章度虞平去爲韻　六章昭樂慘藐教虐耄平去入爲韻　桑柔二
章翩泯燼頻平去爲韻　三章將往競梗平上去爲韻　五章毖恤去入爲韻　八章相臧腸狂平去爲韻
九章林譖平去爲韻　十章里喜忌上去爲韻　十二章谷穀垢上入爲韻　十三章隧類對醉悖去
入爲韻　雲漢四章沮所顧助予上去爲韻　五章川焚熏聞遯平去爲韻　六章去故莫虞怒平
去爲韻　崧高二章事式上入爲韻　烝民六章舉助補上去爲韻　韓奕首章
懈易辟去入爲韻　五章到樂去入爲韻　江漢二章平定爭寧平入爲韻　五章人田命年平去爲韻
六章首休考壽平上爲韻　常武五章嘽翰漢平去爲韻　瞻卬五章刺狄去入爲韻　六章

圉士平上爲韻 維清 典禋平上爲韻 潛 鮪鯉祀福上入爲韻 閔予小子 造考孝上去爲韻庭敬平去爲

韻 泮水二章 藻蹻昭笑教平上去爲韻 八章 林黮音平上爲韻 閟宮二章 野虞女平上爲韻

長發五章 共龐龍勇動竦總平上爲韻 殷武三章 辟績適解去入爲韻 四章 監嚴濫平上爲韻

江曰三句見韻 文王曰咨諸章不在此例

正月十二章 假樂首章 舊叶子音則誤 泂酌一二三章 烝民三

章 六章 韓奕四章 江漢五章 常武首章 舊叶士音所誤 召旻

七章 豐年一章 孔曰二句不入韻 常棣四章 卷阿七章

八章

江曰四句見韻 瞻彼洛矣文王曰咨諸章不在此例

賓之初筵三章 生民首章 舊叶嫄魚倫反未安 桑柔八章 舊叶瞻側姜反誤

常武三章舊叶葉宜郤反、未安、孔云三句不入韻、鴟鴞首章、噫嘻一章、賓之初筵四章、

隔、章、章、首遥、韻　江擧東山一二三四章　瞻彼洛矣一二三章　蕩二章至八章詩本音云顧夢麟曰首章歸字隔二句與下歸悲衣枚協如生民三章之例、次章以下則因首章而以獨韻起調、

關雎二四五章參差荇菜　葛覃一二章葛之覃兮　樛木一二三章南有樛木

螽斯一二三章螽斯羽　桃夭一二三章桃之夭夭　兔罝一二三章肅肅兔罝

芣苢一二三章采采芣苢　漢廣二三章翹翹錯薪　汝墳一二三章遵彼汝墳

鵲巢一二三章維鵲有巢　采蘩一二章于以采蘩　草蟲二三章陟彼南山

甘棠一二三章蔽芾甘棠　殷其靁一二三章殷其靁　摽有梅一二三章摽有梅

小星一二章嘒彼小星　何彼襛矣一二章何彼襛矣　綠衣一二章綠兮衣兮

燕燕一二三章燕燕于飛 日月一二三四章日居月諸 凱風一二章凱風自南
雄雉一二章雄雉于飛 式微一二章式微式微胡不歸 二子乘舟一二章二子乘舟
柏舟一二章汎彼柏舟 牆有茨一二三章牆有茨 載馳二三章既不我嘉
河廣一二章誰謂河廣 有狐一二三章有狐綏綏 黍離一二三章彼黍離離
君子于役一二章君子于役 揚之水一二三章揚之水 中谷有蓷一二三章中谷有蓷 兔爰一二三章有兔爰爰 葛藟一二三章緜緜葛藟 將仲子一二三章將仲子兮 大叔于田一二三章叔于田 遵大路一二章遵大路兮 蘀兮一二章蘀兮蘀兮 狡童一二章彼狡童兮 褰裳一二章子惠思我 丰三四章衣錦褧衣裳錦褧裳叔兮伯兮 揚之水一二章揚之水 野有蔓草一二章野有蔓草 溱洧一二章溱與洧 甫田一二章無田甫田

敝笱一二三章敝笱在梁　碩鼠一二三章碩鼠碩鼠　揚之水一二三章揚之水　椒聊一二章椒聊之實　杕杜一二章有杕之杜　終南一二章終南何有　黃鳥一二三章交交黃鳥　無衣一二三章豈曰無衣　渭陽一二章我送舅氏　權輿一二章於我乎　衡門二三章豈其食魚　東門之池一二三章東門之池　東門之楊一二章東門之楊　澤陂一二三章彼澤之陂　隰有萇楚一二三章隰有萇楚　候人二三章維鵜在梁　鳲鳩一二三四章鳲鳩在桑　下泉一二三章洌彼下泉　七月一二三章七月流火　破斧一二三章既破我斧　鹿鳴一二三章呦呦鹿鳴　天保一二三章天保定爾　采薇一二三章采薇采薇　出車一二章出我車　魚麗一二三章魚麗于罶　南有嘉魚一二章南有嘉魚　蓼蕭一二三四章蓼彼蕭斯　湛露

一二三章湛湛露斯　彤弓一二三章彤弓弨兮　菁菁者莪一二三
章菁菁者莪　采芑一二章薄言采芑于彼新田　鴻鴈一二三章鴻鴈于飛　庭
燎一二三章夜如何其　沔水一二三章沔彼流水　鶴鳴一二章鶴鳴于九皋
祈父一二三章祈父　白駒一二三四章皎皎白駒　黃鳥一二三章
黃鳥黃鳥　我行其野一二三章我行其野　節南山一二三章節彼南山
何人斯一三四章彼何人斯　谷風一二三章習習谷風　蓼莪一二章蓼蓼
者莪　無將大車一二三章無將大車　小明四五章嗟爾君子　瞻彼
洛矣一二三章瞻彼洛矣　裳裳者華一二三章裳裳者華　桑扈一二
章交交桑扈　鴛鴦三四章乘馬在廄　頍弁一二三章有頍者弁　青蠅
一二三章營營青蠅　賓之初筵一三章賓之初筵　魚藻一二三章

魚在在藻　菀柳一二章有菀者柳　都人士一二三四章彼都人士　隰桑一二三章隰桑有阿　緜蠻一二三章緜蠻黃鳥　瓠葉二三四章有兔斯首　漸漸之石一二章漸漸之石　苕之華一二章苕之華　皇矣五七章帝謂文王　既醉一二章既醉以酒　公劉一二三四五六章篤公劉　泂酌一二三章泂酌彼行潦挹彼注茲　卷阿七八章鳳皇于飛　民勞一二三四五章民亦勞止　蕩二三四五六七八章文王曰咨咨女殷商　桑柔十二十三章大風有隧　雲漢二三四五六七八章旱既大甚　烝民五六章人亦有言　駉一二三四章駉駉牡馬在駉之野薄言駉者　有駜一二三章有駜有駜　泮水一二三章思樂泮水

又有隔章首尾同句者　文王五六章無念爾祖　靈臺四五章於論鼓鍾

於樂辟雝　下武一二章王配于京　二三章成王之孚　五六章受天之祜

江云隔章尾句遥韵

麟之趾一二三章于嗟麟兮遥韵　騶虞一二章于嗟乎騶虞首章与葭豝韵次章即与首章遥韵舊叶誤　桑中一二三章送我乎淇之上矣首章隔韵二三章遥韵　君子揚揚一二章其樂只且遥韵　褰裳一二章狂童之狂也且遥韵　權輿一二章于嗟乎不承權輿首章韵二章遥韵

文王有聲一章至八章皆以烝哉遥韵　有駜一二三章于胥樂兮遥韵

章而歌之則章之末句、未嘗不自為韵也、騶虞篇云、首章以葭豝虞為韵、二章以蓬豵為韵、而虞字則合前章、集傳不得其解、乃以首章之虞叶音牙、二章之虞叶五紅反、一詩之中而兩變其音、及至秦詩權輿之詩則無説矣、首章以渠餘輿為韵、二章以簋飽為韵、而輿字則合前章、正與此詩一律、雖有善叶者、不能以輿而叶簋飽也、故愚以為古人後章韻前章之法、不得此説而强求之上句、宜其迷謬而不合矣、北門末章云、此章之哉之北風之虛邪且、皆通上文為一韵、桑中末章云首章唐鄉姜為一韵、中宮為一韵、而上字仍協首句、二章麥北弋為一韵、中宮為一韻、三章蔚東庸中宮共為一韻、而上字仍協首章、所謂後章、韻前章者也、有杕之杜首章云末二句無韻、或以二章合為韻、詩聲類曰案此有二例、若于嗟麟兮、其樂只且、狂童之狂也且、文王烝哉、于胥樂兮、皆本不合正韻者也、若于嗟乎騶虞、送我乎淇之上矣、則首章合正韻、其下疊之、乃但取聯韻而本章無韻矣、〇漢廣一二三章漢之廣矣四句　殷其靁一二三章振振君子歸哉歸哉　北門一二三章已焉哉三句　北風一二三章其虛其邪二句　柏舟一二章母也天只二句　芄蘭一二章容兮遂兮二句

木瓜一二三章匪報也二句　黍離一二三章知我者六句　揚之水一二三章懷哉懷哉二句　緇衣一二三章適子之館兮二句　將仲子一二三章亦可畏也一句　溱洧一二章女曰觀乎八句　椒聊一二章椒聊且二句

杕杜一二章嗟行之人四句　有杕之杜一二章中心好之二句　采苓一二三章舍旃舍旃四句　黃鳥一二三章臨其六句　晨風一二三章如何如何二句　白華四六章維彼碩人二句　緜蠻一二三章飲之食之四句

隔章章中句同遙韻

關雎一二四五章窈窕淑女　葛覃一二章施于中谷　樛木一二三章樂只君子

螽斯一二三章宜爾子孫　桃夭一二三章之子于歸　漢廣二三章之子于歸　鵲巢
一二三章之子于歸　采蘩一二章于以用之　行露二三章誰謂女無家　摽有梅
一二三章求我庶士　何彼襛矣二章平王之孫　江有汜一二三章之子歸
柏舟四五章靜言思之　綠衣一二章心之憂矣　三四章我思古人　燕燕一二
三章之子于歸　一三章瞻望弗及　日月一二三章乃如之人兮　一二三四章胡能有定
終風三四章寤言不寐　凱風三四章有子七人　谷風二三六章宴爾新昏　旄丘
一二四章叔兮伯兮　北門二三章我入自外　北風一二三章惠而好我　新臺一
二三章燕婉之求　二子乘舟一二章願言思子　柏舟一二章髧彼兩髦　牆
有茨一二三章中冓之言　桑中一二三章云誰之思　鶉之奔奔一二章
人之無良　蝃蝀一二章女子有行　干旄一二三章彼姝者子　載馳二三章

視爾不臧 洪奧一二三章有斐君子 芄蘭一二章容兮遂兮 河廣一二章

誰謂宋遠 伯兮三四章願言思伯 有狐一二三章心之憂矣 黍離一二

三章行邁靡靡 君子于役一二章日之夕矣君子于役 揚之水一二三章

彼其之子 中谷有蓷一二三章有女仳離 兔爰一二三章我生之初我生之後

葛藟一二三章終遠兄弟 采葛一二三章一日不見 大車一二章豈不爾思

將仲子一二三章豈敢愛之仲可懷也 叔于田一二三章不如叔也 大叔于田

一二三章叔在藪 羔裘一二三章彼其之子 有女同車一二章將翺將翔彼美孟姜

蘀兮一二章叔兮伯兮 狡童一二章維子之故 褰裳一二章子不我思 風

雨一二三章既見君子 子衿一二章縱我不往 揚之水一二章終鮮兄弟無信人之言

野有蔓草一二章有美一人邂逅相遇 溱洧一二章士与女 東方之日一

二章彼姝者子　南山一二章魯道有蕩　三四章取妻如之何　甫田一二章無思遠人

敝笱一二三章齊子歸止　載驅一二三四章魯道有蕩　汾沮洳一二三

章彼其之子　園有桃一二章心之憂矣　又不知我者　陟岵一二三章上慎旃哉

伐檀一二三章不稼不穡不狩不獵胡瞻爾庭　又彼君子兮　碩鼠一二三章三歲貫女逝將去女

蟋蟀一二三章今我不樂無已大康好樂無荒　揚之水一二章既見君子　椒聊一二

章彼其之子　綢繆一二三章今夕何夕子兮子兮　杕杜一二章豈無他人　羔裘一

二章豈無他人　鴇羽一二三章王事靡盬悠悠蒼天　無衣一二章不如子之衣　有

杕之杜一二章彼君子兮　葛生一二三章予美亡此　四五章百歲之後　采

苓一二三章人之為言　車鄰二三章既見君子今者不樂　小戎一二三章言念君子

蒹葭一二三章所謂伊人　黃鳥一二三章誰從穆公　晨風一二三章

未見君子　無衣一二三章　王于興師　渭陽一二章　何以贈之　宛丘二三章　無冬
無夏　衡門二三章　豈其取妻　東門之池一二三章　彼美淑姬　東門之楊
一二章　昏以為期　防有鵲巢二三章　誰侜予美　澤陂一二三章　有美一人寤寐無為
羔裘一二三章　豈不爾思　隰有萇楚一二三章　夭之沃沃　匪風一二章
顧瞻周道　蜉蝣一二三章　心之憂矣　候人一二三章　彼其之子　鳲鳩一二三
四章　淑人君子　下泉一二三章　愾我寤嘆　七月一二章　九月授衣　破斧一二三
章　周公東征哀我人斯　狼跋一二章　公孫碩膚　鹿鳴一二三章　我有嘉賓　二三章　我有旨酒
四牡一二五章　豈不懷歸　又一四章　王事靡盬　皇皇者華　載馳載驅　常棣三四
章　每有良朋　出車三五六章　赫赫南仲　杕杜一二三章　王事靡盬　魚麗一二
三章　君子有酒　南有嘉魚一二三四章　君子有酒　南山有臺一二三四五章

樂只君子樂只君子　蓼蕭一二三四章既見君子　湛露一二章厭厭夜飲又三四章
顯允君子　彤弓一二三章我有嘉賓鍾鼓既設　菁菁者莪一二三四章既見君子
六月一二章王于出征　采芑一二三章方叔涖止其車三千又一三章師干之試
又一二三四章方叔率止又三四章顯允方叔　庭燎一二三章君子至止　沔水一
二章鴥彼飛隼　鶴鳴一二章他山之石　祈父一二三章胡轉予于恤　白駒一
二章縶之維之所謂伊人　黃鳥一二三章此邦之人言旋言歸　我行其野一二章昏姻
之故爾不我畜　斯干六七章維熊維羆維虺維蛇　無羊一三章爾羊來思二三章
爾牧來思　節南山一二章赫赫師尹又三六章不弔昊天　雨無正三四章凡百
君子　小弁一二章心之憂矣又四五六章心之憂矣　何人斯一二四章胡逝我梁又
五六章壹者之來　巷伯一二六章彼譖人者　谷風一二章將恐將懼將安將樂

蓼莪一二章哀哀父母又五六章民莫不穀　無將大車一二三章無思百憂　小
明一二三章心之憂矣念彼共人豈不懷歸　四五章靖共爾位神之聽之　鼓鐘一二三章淑人君子
楚茨二三章報以介福　四五章工祝致告　瞻彼洛矣一二三章君子至止　二三章
君子萬年　裳裳者華一二三章我覯之子　桑扈一二章君子樂胥　鴛鴦一二
三四章君子萬年　頍弁一二三章爾酒既旨豈伊異人　一二章蔦與女蘿未見君子既見君子　青
蠅二三章讒人罔極　魚藻一二三章王在在鎬　采菽一二章君子來朝　三四章
樂只君子樂只君子　菀柳一二章上帝甚蹈俾予靖之　都人士二三四章彼君子女　又二三四
五章我不見兮　黍苗二三章我行既集　隰桑一二三章既見君子　瓠葉一二三四
章君子有酒　漸漸之石一二章山川悠遠　又一二三章武人東征　何草不黃二三
章哀我征夫　旱麓一二三五六章豈弟君子　下武三四章永言孝思　五六章於萬斯年

既醉一二六七章君子萬年 鳧鷖一二三四五章公尸燕飲 泂酌一二三章豈弟君子 卷阿一二三四五六章豈弟君子 民勞一二三四五章惠此中國無縱詭隨式遏寇虐 抑十一十二章借曰未知 雲漢四五章羣公先正 又三五六章昊天上帝 又七八章瞻卬昊天 瞻卬六七章心之憂矣 有駜一二三章夙夜在公 又一二章振振鷺鼓咽咽 泮水一二三章魯侯戾止

顧氏謂聯章尾句同則可相叶、江氏遂立隔章首尾句相叶之例、而於章句同者未舉、今舉録于此、

江云分應韻

有瞽一章設業設虡以下應瞽字韻，喤喤厥聲以下應庭字韻。孔云兩韻分協。又舉絲衣篇亦載弁俅句別為韻，紑古音伾，牛古音疑，基牛鼒三字与紑協，觩柔休三字與俅協。全同此章分韻法。而既莭乃奏我客戾止不吳不敖三句，又愚所論空韻之例，觸處可證者也。

江云句中韻此例孔氏丁氏皆詳，故不録江氏所舉。

孔云柏舟日居韻月諸第一例凡絶兩字可自為義，即可加一韻。如籥舞笙鼓，籥舞一事也，笙鼓一事也，故舞字有韻。采荼薪樗一事也，故荼字有韻。又如既莭乃事，備與事為韻，既景乃岡，景古音畺，与岡為韻，乃者生事之詞也。此所舉數句皆入正韻者。其不入正韻者，日居月諸，及采采卷耳，采采芣苢，仲山甫出祖之例，皆章首單行一句，自作兩韻。丁以居諸為下閒字韻，而以鄁柏舟三章可也隸之，以采采耳為閒第三字三疊韻，以采采芣苢為四疊韻。詩本音曰，日居月諸，一句之中而自為韻，亦歌者所不得而遺也。

賓之初筵有壬韻有林韻第二例上下半句字法相重，若宜民宜人，載號載呶，不測不克，我將我享之類，皆放此。丁以不測不克為四疊韻。

甫田婉韻兮變韻兮 第三例一句内用兩助字、其助字之上皆有韻、若萋兮斐兮、哆兮侈兮、優哉游哉、經之營之、猗與那與之類、皆放此、至若候人末章薈蔚婉孌隮飢四句而備三韻、尤為巧密矣、丁以婉孌為上下閒字韻、薈蔚萋菲為上閒字韻、

一詩本音曰、詩有一句而兼用二韻、如其虛其邪是也、此章則薈蔚自為一韻、婉孌自為一韻、而隮飢又自為一韻、古人屬辭之工比音之密如此、所謂天籟之鳴自然應律而合節者也、

思齊肆戎疾韻不殄與疾協 殄轉讀如飻、說文飻字下注云、从殄省聲、案此字又見於新臺二章、舊讀洒為漼、浼為浘、與韓詩字異音同、是籧篨不殄亦當入上聲蓧韻、

烈假轉韻不瑕與假協、案鄭君讀思齊四章章六句、此第三章宮與臨為韻、廟与保為韻、疾殄假瑕各為韻、毛公本分五章、朱子從之、則此為第四章、疾殄一韻、假瑕一韻、下文武入一韻、昔人既不得是二句韻法、併不諫亦入落句、亦云無韻、尤踈矣、入古音、蓋人職反、弟四例兩句對耦、而各本句自協、若無父何怙、無母何恃、我黍與與、我稷翼翼之類、皆放此、丁以假瑕為下閒字韻、無父怙閒字三疊韻、

杕杜匪載韻匪來韻音徠憂心孔疚韻期逝轉韻不至韻而多為恤韻

弟五例兩句換韻者、於半句即入韻、若其虛其邪、既亟只且、恩斯勤斯、鬻子之閔斯、如翬斯飛、君子攸躋之類、皆放比。愚案、逝在祭与至不協、孔説非、丁不以載協來疚、亦非。

丁有上疊韻 如甘棠之蔽芾、凱風之睍睆、下疊韻 如卷耳之崔嵬虺隤、中疊韻 如卷耳之盈頃、樛木之履綏、采蘩之以采言還、上三疊韻 如關雎之輾轉反、下三疊韻 如新臺之水瀰瀰、氓之之蚩蚩、閒弟二字三疊韻 如凱風之爰寒泉、檜羔裘之羔道遙、葛覃之維萋萋、桃夭之桃夭夭、閒弟三字三疊韻 如卷耳之采采耳、思齊之雝雝宮、首尾韻 如汝墳之遵墳、定之方中之望堂景京命人、又有同韻（即同字）如上同韻之關關振振、下同韻之喈喈奔奔、中同韻之渙渙孌孌、上下同韻之委委佗佗、上閒字同韻、如葛覃之是是為、為下閒字同韻、殷其靁之斯斯、中閒字同韻、如谷風之育育、上下閒字同韻、如關雎之悠哉悠哉、碩鼠之樂郊樂郊、首尾同韻、如丰之衣衣裳裳之類、凡此當合於前例、不須分者、分之則贅、尚有上下疊韻、如葛覃服之無斁、蜉蝣蜉蝣之翼、四疊韻、如鳲鳩之其子在梅、小弁之踧踧周道、上閒字韻如關雎之在窈淑、下閒字韻關雎之右之、漢廣之之矣、中閒字韻如載馳之如所、鹿鳴之子則式、以上下閒字韻如羔

羊之素絲五紽、鄭羔裘之羔裘豹飾、閒二字韻、如行露之何我、狡
童之不食之類、皆隸雜四聲、未可作則、故不錄、

孔有句中隔協例

匏有苦葉：有瀰隔濟盈韻有鷕與瀰協雉鳴韻濟盈用上文正韻為
隔不濡軌換韻雉鳴與盈協求其牡韻第一例以兩句之上下半句隔韻此章後兩句句法不同、
若下莞上簟、乃安斯寢、麾之以肱、畢來既升、柔嘉維則、令儀令色、皆
然、前兩句上半句句法同若蕭蕭馬鳴、悠悠旆旌亦然、若伐鼓淵淵、振
旅闐闐、風雨攸除、鳥鼠攸去、追琢其章、金玉其相、清酒既載、騂牡既
備、稼穡維寶、代食維好、庸鼓有斁、萬舞有奕、皆下半句句法同、若廼
場廼疆、廼積廼倉、萋萋萋萋、雝雝喈喈是也、有上下各自為句法者、
如不愧于人、不畏于天、噲噲噲噲其正、噦噦其冥是也、丁有連句第二字韻未
舉此、閒字韻亦未舉此、

晨風：鴥隔彼晨風韻、鬱與鴥協、彼、北林韻第二例、上半句用助字、則句首為韻、後條
隔協句中韻內亦有似此者、若汎彼柏舟、髧彼兩髦、汎與髧韻也、瀰
之釜鬵、懷之好音、溉與懷亦韻也、丁有連句第一字韻未舉此、

九罭：鴻飛隔韵遵渚韵，公歸与鴻飛協無所韵第三例、鴻公飛歸皆用同韵之字、凡文有雙聲、有雙韵、有雙字韵、雙聲者、參差流離是也、雙韵者、崔嵬虺隤下土古處是也、雙字韵者似此、及小雅幽草周道、大雅朝陽高岡之屬是也、長發率履不越、遂視既發、履与視協、率古音類、亦与遂協、皇矣臨衝閑閑、崇墉言言、衝与墉協、臨古通韵、讀為隆、亦与崇協、並雙字隔韵、与九罭同法、

無羊：或降隔韵于阿韵，或飲与降協于池韵，或寢与降飲協或訛韵第四例、三句皆用半句隔韵、經亦僅見、丁有連數句第二字韵、未舉此、

菁菁者莪：汎汎隔韵楊舟韵，載沈与汎協載浮韵，既見君子我心与汎沈協則休韵第五例、亦三半句隔協而有空句、是知凡句尾非韵者、即不得橫加句中韵、

孔有隔協句中隔韵例

樛木：葛藟隔韵纍韵之，福履与藟協綏韵之第一例、韵句之上半句亦有韵、約舉它篇、

如言刈其楚，言秣其馬，方之舟之，泳之游之，如茨如梁，如坻如京，聿修厥德，自求多福，刈秣方泳茨坻修求皆韵也。又如熠燿其羽，皇駁其馬，以究王訩，以畜萬邦，垂帶而厲，卷髮如蠆，今入聲古皆去聲，丁有間句第二字韵，未舉此。

正月：矦薪隔韵 矦蒸韵 視天与薪協 夢夢韵 靡人与薪天協 不勝韵 第二例，韵句之上半句連用三隔韵。然此章八句，而末句伊誰云憎獨否，又避拘整之意也。

行露：誰謂鼠隔韵 無牙韵 誰謂女与鼠協 無家韵 第三例，隔韵之句，半句復有隔韵。丁有間句第三字韵，未舉此。

緜：爰始隔韵 爰謀韵 爰契隔韵 我龜韵 曰止与始協 曰時韵 築室与契協 于茲韵 第四例，半句中復自相隔韵。

小星：嘒彼小星隔韵 三五在東韵 肅肅宵征与星協 夙夜在公韵 寔命与星征協 不同韵 第五例，句中韵与句尾韵隔協，乃所以變化使五句而從六句韵法也。

丁立連句類連句疊韻、如草蟲之山言、載馳之矦驅連句間字韻、如谷風之風陰、竹竿之行兄、又連句弟一字弟二字韻、已注孔例下、弟三字韻、如桃夭之于家、草蟲之草阜、擊鼓之闊活洵信、（擊鼓即助詞上字韻通例）連數句者亦同弟四字韻、即江之連句韻連數句者亦同、又連數句弟一字韻、如野有死麕之舒無無、凱風之在有母弟二字韻已注孔例下、連句同韻各例亦可并合。又有間句類間句弟二字弟三字韻已注孔例下、弟四字韻、即江間句韻之間一句者間句弟一字數韻東山之我我果、弟二字數韻、如黃鳥一二三章之于車夫、弟三字數韻即孔助字韻例之上字韻通例、弟四字數韻兔爰一章羅為羅、三章罿庸凶孔七句例舉此間數句、弟四字韻已注江陽數句遙韻下同韻各例亦宜并合。又有連章類連章連句韻、如谷風五六章之毒蓄、正月九十章之予輔間句韻信南山四五章之考酒、緜四五章之東空間數句韻間二句、抑二三章之則德間三句、皇矣三四章之方明間五句、邶柏舟一二章之寐弟間七句二三章、弟棣之類、弟一字正射（位同也）同韻、關雎四窈生民六誕鳧鷖之五鳧之類、弟二字葛藟之三藟七月之七月祖之類、弟三字螽斯之三羽之類、弟四字鳧鷖之五飲之類、

王念孫古詩隨處有韻云、余潛心有年於古韻既得其要領於是取三百篇日夕讀之、覺古人之詩、應律合節觸處成韻有非後人誦讀之所能盡者、如陟彼崔嵬我馬虺隤、崔虺為韻嵬隤為韻、而崔嵬虺隤又通為一韻喓喓草蟲趯趯阜螽、喓趯為韻、（愚謂喓喓一韻、趯趯一韻、如奔奔彊彊之流、各自相協、王從段讀趯平聲、實非）

一草阜為韻、蟲螽為韻、舞則選兮射則貫兮、舞射為韻、選貫為韻、角枕粲兮、錦衾爛兮、枕衾為韻、亦韻、愚謂錦粲爛為韻、鴥彼晨風、鬱彼北林、鴥鬱為韻、風林為韻、七月流火、九月授衣、一之日觱發、二之日栗烈、流授為韻、火衣為韻、觱栗為韻、發烈為韻、九月肅霜、十月滌場、肅滌為韻、霜場為韻、鴻飛遵渚、公歸無所、鴻公為韻、飛歸為韻、渚所為韻、伐鼓淵淵、振旅闐闐、鼓旅為韻、淵闐為韻、蕭蕭馬鳴、悠悠旆旌、蕭悠為韻、鳴旌為韻、風雨攸除、鳥鼠攸去、雨鼠為韻、除去為韻、噲噲其正、噦噦其冥、噲噦為韻、正冥為韻、好言自口、莠言自口、好莠為韻、口口為韻、百川沸騰、山冢崒崩、沸崒為韻、騰崩為韻、不愧於人、不畏於天、愧畏為韻、人天為韻、攘其左右、嘗其旨否、攘嘗為韻、右否為韻、肆不殄厥慍、亦不隕厥問、虞芮質厥成、文王蹶厥生、殄隕為韻、殄古讀若陳、慍問為韻、質蹶為韻、蹶協韻讀若屈原之屈、成生為韻、追琢其章、金玉其相、琢玉為韻、章相為韻、清酒既載、騂牡既備、酒牡為韻、載備為韻、愚案清騂亦韻、臨衝閑閑、崇墉言言、臨崇為韻、衝墉為韻、閑言為韻、而臨衝崇墉又通為一韻、是類是禡、是致是附、是伐是肆、是絕是忽、類致為韻、禡附為韻、伐絕為韻、肆忽為韻、昭明有融、高朗令終、昭高為韻、明朗為韻、融終為韻、乃場乃疆乃積乃倉、場積為韻、疆倉為韻、稼穡惟寶、代食惟好、穡食為韻、寶好為韻、哲夫成城、哲婦傾城、成傾為韻、成城為韻、思媚其婦、有依其士、媚依為韻、婦士為韻、自堂徂基、自羊徂牛、堂羊為韻、基牛為韻、庸鼓有斁、萬舞有奕、鼓舞為韻、斁奕為韻、不競不絿、不剛不柔、不震不動、不戁不竦、競剛為韻、絿柔為韻、震戁為韻、動竦為韻、（此即丁氏連句例孔氏句中隔協例）又若南有樛木、葛藟纍之樂只君子、福履綏之、藟履為韻、纍綏為韻、肅肅兔罝、椓之丁丁、赳赳武夫、公侯干城、肅赳為韻、（肅讀若修、愚案當讀若蕭、赳當讀若驍）兔武為韻、罝夫為韻、丁城為韻、翹翹錯薪、言刈其楚、之子于歸、言秣其馬、刈秣為韻、楚馬為韻、嘒彼小星、三五在東、肅肅宵征、夙夜在公、嘒彼小星、維參與昴、肅肅宵征、抱衾與裯、小宵為韻、星征為韻、五夜為韻、（夜古讀若豫）東公為韻、參衾為韻、昴裯為韻、父兮母兮、畜我不卒、胡能有定、報我不述、畜報為韻、卒述為韻、有瀰濟盈、有鷕雉鳴、濟盈不濡軌、雉鳴求其牡、瀰鷕為韻、濟雉為韻、盈鳴為韻、軌牡為韻、毋逝我梁、毋發我笱、我躬不閱、遑恤我後、逝發閱為韻、（逝古讀若舌）笱後為韻、就其深矣、方之舟之、就其淺矣、泳之游之、何有何亡、黽勉求之、凡民有喪、匍匐救之、方泳亡喪為韻、（泳古讀若羊）舟游求救為韻、誰謂河廣、曾不容刀、誰謂宋遠、曾不崇朝、容崇為韻、刀朝為韻、緜緜葛藟、在河之滸、終遠兄弟、謂他人父、謂他人父、亦莫我顧、緜遠為韻、（愚案緜緜為韻、遠當依丁連章正射韻）藟弟為韻、河他他我為韻、滸父父顧為韻、冽彼下泉、浸彼苞稂、愾我寤歎、念彼周京、冽愾為韻、（愾古讀若迄）彼我為韻、下寤為韻、泉歎為韻、浸念為韻、彼彼為韻、苞周為韻、稂京為韻、而彼彼我彼又通為一韻、蜎蜎者蠋、烝在桑野、敦彼獨宿、亦在車下、蜎敦為韻、蠋宿為韻、（愚案獨亦韻）野下為韻、倉庚于飛、熠燿其羽、之子于歸、皇駁其馬、飛歸為韻、熠燿為韻、羽馬為韻、（愚案倉庚皇亦韻）是以有衮衣兮、無以我公歸兮、無使我心悲兮、以以使為韻、衣歸悲為韻、神之弔矣、詒爾多福、民之質矣、日用飲食、神民為韻、弔質為韻、福食為韻、湛湛露斯、匪陽不晞、厭厭夜飲、不醉無歸、湛厭為韻、（湛古讀如諶、厭古讀若愔）露夜為韻、晞歸為韻、家父作誦、以究王訩、式訛爾心、以畜萬邦、究畜為韻、訩邦為韻（愚案誦亦韻）。踧踧周道、鞫為茂草、我心憂傷、惄焉如擣、鞫惄為韻（踧古讀若戚、惄古讀若衂）。道草擣為韻。將恐將懼、寘予于懷、將安將樂、棄予如遺、寘棄為韻、于如為韻、懷遺為韻。糾糾葛屨、可以履霜、佻佻公子、行彼周行、糾佻為韻（糾協韻讀若皎、愚案實本音非協韻）、霜行為韻。曾孫之稼、如茨如梁、曾孫之庾、如坻如京、稼庾為韻（庾協韻讀若與）、茨坻為韻、梁京為韻。滮池北流、浸彼稻田、嘯歌傷懷、念彼碩人、滮嘯為韻、池歌為韻、浸念為韻、田人為韻。有芃者狐、率彼幽草、有棧之車、行彼周道、狐車為韻、幽周為韻、草道為韻。思齊大任、文王之母、思媚周姜、京室之婦、齊媚為韻、母婦為韻。雝雝在宮、肅肅在廟、不顯亦臨、無射亦保、雝宮臨為韻、肅廟保為韻。鳳皇鳴矣、于彼高岡、梧桐生矣、于彼朝陽、菶菶萋萋、雝雝喈喈、鳴生為韻、高朝為韻、岡陽為韻、菶雝為韻、萋喈為韻。於薦廣牡、相予肆祀、假哉皇考、綏予孝子、廣皇為韻、牡考為韻、祀子為韻。駉駉牡馬、在坰之野、薄言駉者、駉坰駉為韻、馬野者為韻（此即孔句中隅協、隅韻句中隅協二例、丁氏閒句類）。又有參互為韻、若求之不得、寤寐思服、悠哉悠哉、輾轉反側、求悠悠為韻、得服側為韻。汎彼柏舟、在彼中河、髧彼兩髦、實為我儀、之死矢靡它、汎髧為韻、彼彼我靡為韻（靡古讀若摩）、舟髦為韻、河儀它為韻。爰采唐矣、沫之鄉矣、云誰之思、美孟姜矣、期我乎桑中、要我乎上宮、送我乎淇之上矣、唐鄉姜桑上上為韻、中宮為韻、三二章桑上上為韻、中宮為韻。於我乎夏屋渠渠、今也每食無餘、于嗟乎不承權輿、於于為韻、我嗟為韻、乎乎為韻、渠餘輿為韻、而乎、乎渠餘輿、又通為一韻。彼何人斯、居河之麋、無拳無勇、職為亂階、既微且尰、爾勇伊何、為猶將多、爾居徒幾何、麋階伊幾為韵、僶勇為韵、何多何為韵、驕人好好、勞人草草、蒼天蒼天、視彼驕人、矜此勞人、驕勞驕為韵、好草為韵、天天人人為韵、維此王季、帝度其心、貊其德音、其德克明、克明克類、克長克君、王此大邦、克順克比、度貊為韵、貊古讀若莫、明長為韵、類比為韵、君順為韵、鳳皇于飛、翽翽其羽、亦集爰止、藹藹王多吉士、翽藹為韵、止士為韵、不明爾德、時無背無側、爾德不明、以無陪無卿、德側為韵、背陪為韵、明卿為韵、我將我享、維羊維牛、天其右之、將享羊為韵、牛之為韵（此亦前例）、他若日居月諸、其虛其邪、委委佗佗、薈兮蔚兮、婉兮孌兮、恩斯勤斯、匪載匪来、弗慮弗圖、萋兮斐兮、哆兮侈兮、無父何怙、無母何恃、我黍與與、我稷翼翼、有壬有林、載號載呶、優哉游哉、經之營之、宜民宜人、匪疚匪棘、不測不克、於乎前王不忘、於乎前王繼序思不忘同、猗與那與、是斷是遷、皆本句中自為一韵、蓋其屬詞之工、比音之密、如此、譬之風行水上、自然成文、而非可以人力與焉者也、昔之歌詩者莫不知之、而今日遂成絕響、若加以音釋、則學者必苦其繁碎、故於詩補韻不載、而別記於此、又其字之不見於句末者、如趯如鷺如汎如彼如髧如念如滌如厭如跛如惄如哆如侈如琢如觀、比比皆可以得其本音、

丁氏有隔章正射韵、葛覃一章、鳴與三章寧韵、正月五章、聖與与八章正韵之類、隔章遥韵、谷風二章、苦与六章者韵之類、又有錯韵、螽斯一章、詵孫振、何彼襛矣一章、襛雍、葛覃一章、三于之類、又有短句韵、如兔爰一章、尚無為之無与兔韵、亦与于百無韵、又有長句韵、如卷耳維以

不永懷、永与下章岡黄韵，懷与本章嵬隤罍韵，又有起韵，關雎四女韵、二寤韵，用鼓為收，又有線韵，七月二章，陽庚筐行桑，三章桑沂陽桑黄陽裳韵中用傷作線，總名之曰變韵類。愚謂此殆本於臧庸

臧荅陳恭甫書云至字字有韵之説，求之三百篇，如匏有苦葉弟二章，有瀰與有鷕韵，而有与有亦韵也，雉鳴雉鳴濟盈濟盈兩鳴兩盈韵，而兩濟兩雉亦韵也；不濡軌求其牡，軌韵牡，求与牡，又一句中首尾韵，而不与其獨非韵乎、濡韵弟三章卬須我友，濡須皆侯類，向在山左，阮伯元述王懷祖説卷阿鳴韻生岡韻陽高韵，朝外、矣韵矣于韵，于、彼韵，彼、菶菶韵雝雝、萋萋韵喈喈、鳳皇与岡陽韵，梧桐与菶雝韵，隨舉二則，可為三百篇字字用韵之證。孔氏之言鳩曰三章四章連句用韵，而拮据荼卒瘏室家韵上字亦有韵，譙譙翛翛翹翹漂搖嘵嘵又皆用雙聲，故首章可以三句無韵，然恩与勤實句中自相協，而下与閔韵，庸按首句鴟鴞鴟鴞与鴟鴞与鴞即韵，室字至聲与既毀韵，取与無協，我与我韵，二子一之韵三斯与二鷊則支脂通協，亦可謂字字有韵，而鷊与斯又句首句末遥韵，特中閒有韵不盡同，再荅恭甫書云來示謂三百篇皆句首与句首韻中末与中末協，此仍是以常法言之耳，若論其變，則法不能拘，亦非例之所能盡。試以皇矣弟六章論之、如無矢我陵，我陵我阿，無飲我泉，我泉我池，學者莫不知阿与池為韵、不知我陵我陵我泉我泉句句字字韵也，此皆以上句之下半句与下句之上半句韵，而非首与首末与末中与中也，又無飲我泉韵無矢我陵，以下句上半句之飲韵上句下半句之陵，弟三句之陟我高岡，我字与我陵我陵

我阿我泉我泉我池、六我一池一阿韵、而第八句之度其鮮原、鮮与原二字又自疊韵、与第二句侵自阮疆之阮遥相協、鮮原疊韵、而阮則韵上字也、且侵自之侵韵下陵飲二字自韵無矢之無韵無飲之無度其之度字字確鑿可據、安得以例拘之、此皆孔氏所未言者。孔氏且不知阿池与鮮原顯分二類、而誤援東門之枌二章例、以為歌麻元寒之通協矣、来亦稱孔氏詩韻例有瀰濟盈有鷕雉鳴及鴥彼晨風鬱彼北林以下五例、葛藟纍之福履綏之以下五例為變化無端、而實整齊不紊、按匏有苦葉韵説見前書、孔例有所未盡、晨風首章兩彼為句中韵、二三章兩山有兩隰有為句中韵、首章上二句之兩彼与三章下二句之如何如何忘我實多句中句末皆韵也、至樛木三章、乃葛藟与葛藟福履与全篇通韵上下六之字全篇通韵、唯纍綏与荒將縈成每章二字各自為韵、孔氏以葛藟与福履為隔韵、尚失乎自然之致、藟纍皆从畾聲、不當區而二之、蓋首章藟纍二字為下兩章之關紐、合之成篇、三百篇此類極多矣。又與汪漢、鄭書云、毛詩開卷左右流之、寤寐求之、流求固韵矣、二之獨非韵乎、懷祖悠哉悠哉二悠為韵、庸謂二哉亦韵、与二之語助相協矣、又如車攻五章決拾既佽、弓矢既調、射夫既同、助我舉柴、中二句調字乃与駕彼四牡四牡奕奕兩牡字為韵、同字乃与首章我馬既同四章會同有繹兩同字為韵、隔章相協、三百篇極多、詎説詩者必以調同二字為韵、引離騷以證、段氏又引東方朔七諫孔氏引韓非子楊權篇為諧聲合韻之據、庸按韓非子云、道無雙曰故一、是故明君貴獨道之容、君臣不同道、下以名禱、君操其名、臣效其形、形名參同、上下和調、此同与雙容為韵、調与道禱為韵、七諫恐矩矱之不同与下文正法弧而不公為韵、恐操行之不調与上文固時俗之工巧兮為韵、讀之莫不各有條理、混合之、遂承訛襲謬、展轉相因、并以兹誣古人矣、

孔有助字韵例

關雎參差荇菜左右流韵之窈窕淑女寤寐求韵之 凡助字上有韵者、其助字多相同、如此之字、雖非正韵、亦可与上之字相協、即有前後各用助字如君子樹之心焉數之出自口矣顏之厚矣者、以兩助字隔用、如漢之廣矣、不可泳思江之永矣不可方思者、其思与矣、矣与之必特用同部之字、要使聯而讀之、句尾仍自成韵、故北門天實為之謂之何哉為与何為韵、与何為韵之与哉亦為韵、墓門次章一句用止一句用之、正月八章采菽五章皆三句用之一句用矣、止字矣字在唐韵六止、正七之之上聲、可通協者也、詩本音北門云、按哉之以語助為韵、詩中亦或有之、李因篤曰、當以為何二字為韵、

綠衣衣兮衣兮綠衣黃裏韵心之憂矣韵 案次章以裳亡為韵、則矣字不入韵、詩中多有此類、若我行其野首句起韵、爾不我畜句非韵、至次章則畜与遂宿復為韵、而野非韵矣、菁菁者莪首句起韵、既見君子句非韵、至次章則子与沚喜為

韵。而莪非韵矣。鶉奔人之無良在首章与彊兄為韵在次章又与彊為隔韵古人行文變化不拘如是。

曷維其已韵右助字入韵例。

新臺魚網之設鴻則離韵之燕婉之求得此戚施韵 助字單用而不入韵例。此例在隔協者亦有之若雄雉于飛我之懷矣之類是也野有死麕以無使尨也吠与脫帨為韵則兩句有助。一句無助。都人士以云何盱矣与餘旟為韵則兩句無助。一句有助文無常。唯其當而已。

棫樸芃芃棫樸薪之槱之韵濟濟辟王左右趣之韵 唐韵四十五厚雖收趣字。然古音厚槱實非同類此祇以兩之字為韵若周頌既右饗之于時保之昊天其子之薄言震之皆此例案言不可逝矣逝音折与莫捫朕舌協矣字又与無苟矣協召南亦既見止亦既覯止閒韵也二止字自相協。右助字為獨韵例。

江有疊句韵例

車舝四章 析其柞薪疊句二薪字自為韵

王懷祖荅江有誥書云若賔之初筵二章以洽百禮既至
此以雨禮字為韻而至字不入韻四海來格來格其祁亦以雨
格字為韻凡下句之上二字與上句之下二字相承者皆韻也

愚按駟驖二章奉碩辰牡辰牡孔碩鹿鳴一章鼓瑟吹笙吹笙鼓簧
采薇五章駕彼四牡四牡騤騤采芑一章乘其四騏四騏翼翼車攻四章
駕彼四牡四牡奕奕節南山七章駕彼四牡四牡項領六月五章四牡既
佶既佶且閑賔之初筵二章以洽百禮百禮既至子孫其湛其湛曰樂采
菽二章言觀其旂其旂淠淠文王三章生此王國王國克生緜七章廼
立皐門皐門有伉廼立應門應門將將棫樸二章左右奉璋奉璋峩峩
皇矣六章無矢我陵我陵我阿無飲我泉我泉我池七八章與爾臨衝以
伐崇墉臨衝閑閑崇墉言言下武三章永言孝思孝思維則生民四章蓺
之荏菽荏菽旆旆八章卬盛于豆于豆于登行葦一二章或肆之筵或授
之几肆筵設席授几有緝御五章既挾四鍭四鍭如樹七六八章以祈黄耇
黄耇台背既醉二三章介爾昭明昭明有融高朗令終令終有俶四
五章攝以威儀威儀孔時君子有孝子孝子不匱三四章四方之綱之
綱之紀烝民一二章生仲山甫仲山甫之德泮水一章言觀其旂其旂茷
茷崧高四章寢廟既成既成藐藐玄鳥篇肇域彼四海四海來假來假祁

祁凱風一章吹彼棘心棘心夭夭靜女二章貽我彤管彤管有煒關雎寤寐求之求之不得定之方中以望楚矣望楚與堂

詩經韻

第一　東鍾江

兔罝連章同　位韻　公　兔罝一二三章　麟趾同　公　麟之趾一二三章　采蘩一二章同　公　采蘩一章　公　二章　僮僮

公　三章　墉訟訟從　行露三章　羔羊同采蘩　公　羔羊一章　公　二章　縫總公　三章　東公同

小星一章　江有汜同　江　江有汜一二三章　蓬縱　騶虞二章　日月同　東東　日月三四章　鷕雝　匏有

苦葉三章　同葑同　谷風一章　蒙戎　當作茸　東同　旄丘三章　充　四章　簡兮同　公公　簡兮二三章

北風同　同　北風一二三章　蒙邦　君子偕老三章　葑東庸　桑中三章　蝀東　蝃蝀一章　東公　碩人一章　荒

蘭同　童容　芄蘭一章　童容　二章　東蓬容　伯兮二章　兔爰同采蘩　逢　兔爰一章　逢　二章　罿

庸逢凶聰　三章　清人同　重重　清人一二章　羔裘同　邦邦　羔裘二三章　有女同車同

同同　有女同車一二章　松龍充童　山有扶蘇二章　狡童同　童童　狡童一二章　褰裳同　童童　褰裳

一二章 東門之墠同 東 東 東門之墠一二章 雞鳴同 東東 雞鳴二章 同 三章 還同 從 還一二三章

東方之日同 東 東 東方之日一二章 東方未明同 東 公 東方未明一二章 雙 庸庸從

南山二章 從 三章 重 重 三章 盧令二 從 從從 敝笱一二三章 公 公公 汾沮洳一二三章 從 從 揚之水一二章

同 同 杕杜一二章 蒙 蒙 葛生一二章 葑葑東從 采苓三章 公 從 公 駟驖一章 公 二章 龍 小戎二章

蒙 三章 從 從 蒹葭一二三章 從 公 黃鳥一二三章 同 同 無衣一章 同 二三章 東 東東 東門之池一 東二三章 東 東門

之揚一二章 邛 邛 防有鵲巢一二章 從 從 株林一章 公 同 七月二章 公 三章 公 同 功 豵 公 四章 同 功

七章 東 東 濛 東 東山一章 東 東 濛 東山二三四章 公 東 破斧一二三章 鴻 公 九罭二三章 公 公 狼跋二章

公 四章 邦 南山有臺一二章 濃 沖沖 雝 雝 同 蓼蕭四章 鐘 彤弓一二三章 顒 公 共 六月三章 攻 同

龐 東 車攻一章 東 二章 同 四章 同 五章 從 吉日一章 同 從 二章 鴻 鴻鴈一二三章 聰 饔 祈父三章

邦 邦 黃鳥一章 邦 二三章 傭 訩 節南山五章 誦 訩 邦 十章 從 用 邛 小旻一章 從 從 何人斯一二章

戢

東邦公童公四章

共卬巧言三章 東東空公大東二章 雝重無將大車三章 共小明一二三四五章 鐘鼓鍾一二三章 鐘同四章

工楚茨四章 鐘工鐘五章 東信南山一章 同二章 同邦瞻彼洛矣三章 松頍弁一二章 鐘同功賓之

初筵一章 從童五章 蓬邦同從采菽四章 東漸漸之石一二三章 邦大明四章 邦五章 東緜四章 空

五章 公恫邦思齊二章 雝雝三章 恭邦共皇矣五章 同衝墉七章 衝墉衝墉八章 樅

鏞鐘廱靈臺四章 鐘廱逢逢矇公五章 功崇豐文王有聲二章 豐三章 公豐同四章 豐

東同五章 廱東六章 豐八章 公公鳧鷖一二三四五章 公公劉一至六章 顒顒卷阿六章 桐菶菶雝

雝卷阿九章 從共抑三章 童虹八章 邦功崧高二章 邦庸三章 功四章 邦誦八章 江江漢

一二三章 公公公四章 公六章 同功常武六章 訌共邦召旻二章 公封邦功烈工公

工臣工 雝容振鷺 雝雝公雝 龍公酌 邦豐桓 公公有駜一二三章 從公泮水一章 訩功

六 公東庸公公龍閟宮三章 東邦四章 邦蒙東邦同從功五章

邦從六章 公公邦七章 松松八章 共共庬龍長發五章 松松殷武六章

第二 冬東

中兔罝三章 中葛覃二章 中宮采蘩二章 螽斯一二三章 螽螽忡忡降草蟲一章 襛雝何彼襛矣

一章 襛二章 終中終風一章 終終風二三章 風北風二五章 冬窮谷風六章 中式微一章 躬中二章 彤彤

靜女二章 中牆有茨一二三章 中宮桑中一章 中宮二章 中宮三章 中宮定之方中一章 終二章 淇奧一 容

崇河廣二章 中黍離一二三章 中中谷有蓷一二三章 終葛藟一二三章 終揚之水一二章 充著一二三章 中有杕之杜一二章 冬

葛生四五章 中驂小戎二章 中蒹葭一二三章 終終南一二章 冬宛丘二三章 中匪風一二章 螽螽忡降戎出車

五章 沖沖陰七月八章 彤中彤弓一二三章 中菁菁者莪一二三章 終采綠一二章 中降旱麓二章 雝雝宮

臨思齊三章 臨崇皇矣七八章 融終終既醉三章 潨宗宗降崇鳧鷖四章 中中民勞一二

三四五章 宗宗板七章 諶終蕩一章 戎戎抑四章 中宮桑柔七章 隆蟲蟲宮宗臨

第三 齊支佳

躬 … 章 崇 戎 烈文 蜂 蝨 小毖 崇 墉 良耜 戎 戎 韓奕一章

攜 北風二三章 埤 北門三章 支 觽 觽 知 芄蘭一章 知 知 黍離二三章 知 知 知 知 女曰雞鳴三章 提 提

葛屨二章 知 知 知 園有桃一二章 斯 知 知 墓門一章 枝 知 隰有萇楚一章 知 知 小旻六章 斯 伎 伎 雌

枝 知 五章 易 知 祇 何人斯六章 篪 知 斯 祇 祇 無將大車一章 祇 三章 斯 卑 疷 白華八章

篪 圭 攜 攜 板六章 知 攜 知 知 抑十章 知 十二章 斯 螽斯一二三章 斯 斯 殷其雷二三章 斯 斯

斯 鴟鴞一章 斯 破斧二三章 斯 蓼蕭至四章 斯 湛露二三章 斯 斯干一章 斯 斯 斯 章 四 斯 斯 小宛四章

斯 提 提 小弁一章 斯 何人斯三四章 斯 斯 甫田四章 斯 瓠葉三四章 斯 斯 皇矣三章 斯 武五六章 斯

篤公劉二四六章 斯 斯 召旻五章 斯 斯 良耜四章 斯 駟一至 斯 斯 烈祖

第四 灰齊脂微皆

兮維萋萋飛喈喈 葛覃一章 兮維絺 二章 師歸私衣歸 三章 懷 卷耳一章 崔嵬

虺隤罍維懷 二章 維 三章 虆綏 樛木一章 兮兮 螽斯一二三章 歸 桃夭一二三章 歸 漢廣二三章 枚飢

汝墳一章 兮 麟之趾一二三章 維維歸 鵲巢一二三章 祁祁歸 采蘩三章 薇悲夷 草蟲三章 維維 采蘋

二章 諧尸齊 三章 諧諧雖 行露二三章 靁違歸歸 殷其靁一二三章 兮兮 摽有梅一二章 歸 江有汜一二三章

齊 二章 維維伊齊 何彼襛矣五三章 微衣飛 柏舟五章 兮衣兮衣維 綠衣一章 兮衣兮

衣維 二章 衣兮兮兮 二章 絺兮兮淒 四章 飛歸 燕燕一章 飛歸 二章 飛歸 三章 兮

日月一章 兮 二章 兮 三章 兮兮 四章 虺虺靁懷 日月四章 兮兮兮兮 擊鼓五章 飛懷伊

雄雉一章 飛 二章 歸妻 匏有苦葉三章 違 谷風一章 遲遲違伊畿 二章 微微歸微 式微一章

微微歸微泥 二章 兮兮兮 旄丘一章 兮兮 三章 兮兮 四章 兮兮 簡兮一章 諧西

兮西兮四章敦遺摧北門三章歸荑靜女三章喈霏歸北風二章維柏舟一二章茨牆有茨一二三章

偕弁君子偕老一章兮兮二章兮兮三章誰桑中一二三章隮西蝃蝀一章誰誰載馳五章兮兮兮

兮兮淇奧一章兮兮兮兮兮二章兮兮兮兮兮淇奧三章頎衣衣齊妻姨維

私碩人一章荑脂蠐犀眉二章兮兮兮兮氓三章雖兮兮兮芄蘭一章雖兮兮

兮二章誰誰河廣一章誰誰二章兮兮兮伯兮一章綏綏有狐一二三章雞棲君子于役一章雞棲

飢二章懷懷歸揚之水一二三章蓷中谷有蓷一二三章兮兮采葛一二三章衣畏大車一二章衣兮兮兮

兮緇衣一二三章兮畏懷畏將仲子一二三章兮兮羔裘三章兮兮兮遵大路一二章兮兮兮兮蘀兮

一二章兮兮維兮狡童一二章兮兮兮丰一二章衣衣兮兮三章衣衣兮兮歸四章

淒淒雞喈（喈）夷風雨一章雞二章雞三章維揚之水一二章雖衣出其東門一二章維伊溱洧一二章

雞雞雞鳴一章飛歸三章衣東方未明一章晞衣二章崔崔綏綏齊歸歸懷南山一章綏

齊二章妻三章妻四章維甫田一二章兮兮兮兮四章齊歸敝笱一二三章齊齊齊齊載驅一二
三四章兮兮兮兮兮兮猗嗟一二三章兮兮兮兮兮二章誰誰園有桃一二章兮兮陟岵一二三章
兮兮兮兮十畝之間一二章兮兮猗兮兮兮兮兮伐檀一二三章衣揚之水一二三章兮兮綢繆一二三章維羔裘
一三章衣兮衣兮無衣一二章兮兮有杕之杜一二章誰誰兮兮誰葛生三章歸歸四五章
伊洄蒹葭一章淒湋晞伊湄回躋坻二章伊洄三章誰維兮黃鳥一二三章衣師無衣
一二三章偕二三章兮兮兮兮宛丘一章妻衡門二三章齊二章棲遲飢一章兮兮兮兮
月出一二三章兮兮兮素冠一三章衣兮悲兮歸兮二章兮兮兮匪風一二章誰誰歸懷三章
衣歸蜉蝣一二三章隮飢候人四章維鵜二三章鳲鳲鳩一二三四章鳲伊伊伊二章蓍師下泉三章
衣衣七月一章衣遲祁悲歸七月二章鴞鴞鴟鴞一章歸歸西悲衣枚東山一章歸三章
歸飛歸四章歸伊威畏伊懷二章哀破斧一二三章衣九罭一章飛歸二三章衣兮歸

悲兮四章　騑騑倭遲懷歸悲四牡一章　騑騑懷歸二章　鵻飛三四章　懷歸五章　懷皇華一章

維洛二三四五章　肥微肥微伐木二章　威懷常棣二章　薇薇薇歸歸采薇一二三章　維維四章

騤騤依腓五章　依依霏霏遲遲飢悲哀六章　遲遲萋萋喈喈祁祁歸

夷出車六章　萋悲萋悲萋歸杕杜二章　維魚麗四五六章　纍綏嘉魚三章　鵻四章　兮兮兮兮

蓼蕭一章　晞歸湛露一章　兮彤弓一二三章　棲騤六月一章　焞焞雷威采芑四章　師一章　師師三章

飛哀鴻鴈一章　飛皆雎二章　飛哀維維三章　飛飛誰沔水一章　飛飛二章　維鶴鳴一二章

維伊白駒一二章　歸黃鳥一二三章　翬飛躋斯干四章　維維維維維六章　維維維維七章　衣八章

衣非九章　誰維誰無羊一章　維維維維維四章　維二章　維師節南山一章　師二章　師維氐

維毗迷師三章　夷節南山四章　夷違五章　誰六章　夷八章　哀正月一章　哀誰「正月」三章　伊誰四章

誰雎五章　維哀六章　微微哀十月一章　維維維師妻四章　饑威雨無正一章　威回小旻一章

哀違依伊底二章雖雖五章維維小旻四章飛懷小宛一章飛小宛四章哀五章歸飛伊小弁一章

麋階微伊巧言六章伊誰維何人斯一章誰二章萋兮斐兮巷伯一章兮兮誰二章

誰章維維谷風一章維頹懷遺二章崔嵬萎怨三章伊哀哀蓼莪一章維罍三章

兮兮兮四章哀哀大東三章西衣私四章維維維維七章淒淒腓歸四月二章薇桋

維哀八章偕偕北山一章棲遲五章兮兮無將大車一章維二章維兮兮三章懷小明二章懷懷懷歸畏章二

歸伊畏小明三章湝淮懷鼓鍾一章喈喈湝湝喈悲回二章淮三章幾齊楚茨四章

尸尸歸遲私五章茨坻甫田四章萋萋祁祁私遺伊大田三章維茨師瞻彼洛矣一章

維二三章兮兮兮兮兮裳裳者華一章維維二章維四章飛鴛鴦一章摧三章摧綏四章維伊

伊幾章維伊幾二章維伊維幾維三章兮兮飢雖車舝一章兮兮四章騑騑

五章依維二章雖幾雖幾雖三章旨偕賓之初筵一章威威威威威三章維葵膍戾采菽

五章兮都人士二三四章伊傢兮五章維維維采綠四章歸黍苗二章師歸三章師四章兮兮兮
白華一章兮兮八章維維漸漸之石一章維二章維維者西維皇矣一章哀何草不黃二三章雖雖文王一章
維大明一章維二章懷回三章維維六章維七章維八章藟枚回旱麓六章齊媚徽思齊一章
妻弟三章維維靈臺四章維五章維下武一三章伊伊追文王有聲三章伊維維四章維維五章
維維維維歸生民六章惟脂七章維維行葦章維威既醉四章威五章維六七八章鷖
尸尸鳧鷖一至五章依依公劉四章壘歸泂酌二章萋萋喈喈卷阿九章綏民勞一三章飛維七八章
懠毗威迷尸屎葵資師板五章維維維維維抑七章咨咨蕩二至八章威雖維
維抑一章維維維九章騤夷黎哀桑柔二章資維階三章維維八十十一十二章推雷黎遺
遺畏摧雲漢三章維維維維崧高一章郿歸六章圭五章騤騤喈喈齊歸懷烝民
八章維維維維韓奕三章師追六章淮夷淮夷江漢一章師師常武一章師淮二章淮

淮師四章 回歸六章 夷夷瞻卬一章 維維幾悲六章 維七章 威饑召旻一章 回夷二章

維維召旻五章 哀維七章 維維維清 維維維伊畏威我將懷維時邁洛

維臣工 飛西振鷺 維綏維維綏眉雝 眉綏載見 萋(追)綏威夷有

客 維開耆武 飛維小毖 伊伊開良耜 師維師酌 飛歸兮有駜兮

一三章 威維伊泮水四章 淮夷五章 淮夷淮夷七章 懷淮夷八章 枚枚回依彌

遲閟宮一章 淮夷五章 淮夷夷六章 耆眉閟宮四章 綏眉烈祖 饎維祁祁維玄

鳥 違齊遲躋遲遲祇圍長發三章 維維維烈文

句首○、句中、、句末不用標記、

第五 之咍

之 關雎一章 之之之不思哉哉 二章 之之之之 三章 之其 葛覃一章 之之 二章 之之 樛木一章

之之 二三章 之之 三章 之其之其 桃夭一章 之其之其 二章 之其之其 三章 不 卷耳二三章 芣之芣

之 芣苢一二三章 不思不思之不思之不思 漢廣一章 其其之不思之不思 二三章 之之之 鵲巢一二

三章 其 汝墳一章 其不 二章 之 麟之趾一二三章 之之 采蘩一章 之之之 二章 之之 三章 之 采蘋一章 之之 二章 之其

之 三章 不 行露二三章 之絲 羔羊一二三章 其之哉哉 殷其靁一二三章 梅其其 摽有梅一二章 梅之其之 三章

不 小星一二章 之不不其 江有汜一二三章 之之 野有死麕一章 之不姬之 何彼穠矣一章 之之 二章 其絲

之之 三章 其不 柏舟一章 不不之 二章 不不不 三章 不思之 四章 而之思之不能 五章

之其 綠衣一章 之其 二章 絲治思訧 三章 其思 四章 其之 燕燕一章 之之之之 二章 其之

三章 其其之思 四章 之不能不 日月一章 之不能不 二章 之能 三章 不能不 四章 霾來

來思終風二章不不三章其其不四章其擊鼓一章其之之三章之之四章不不五章

其之詒雄雉一章其二章思之能來三章不不不不四章不其匏有苦葉二章其之之

其之之之之谷風四章不能不五章不來六章不之式微一章不二章丘之之旄丘

章一之思之簡兮四章淇不思姬之謀泉水一章思茲之思四章哉之之哉北門

一章哉之之哉二章哉之之哉三章其其而其其北風一章其其而其其二章

而其其三章其而不靜女一章其貽二章異之之貽三章臺之不新臺一章臺之

不二章之之之三章其思二子乘舟一章其思不二章之不柏舟一章之不二章不之不

之牆有茨一章不之不二章之不之不三章之不之君子偕老一章其之不之之

而而二章其之之之之三章之之思期淇之桑中一章之之思期淇之

二之之思期淇之三章之之之鶉之奔奔一章之之之二章之之之定之方中一章之蝃蝀

章

一章其其二章之不三章而而不一章相鼠而而不二章而而不三章之絲之之之干旄
一章之絲之之之二章之絲之之之三章且其尤之三四章載馳其其尤思不之五章不
不能不思不二章[illegible]淇不淇奧一二三章淇不二章淇
不三章不不不淇奧二三章之之之考槃一二三章其之之之碩人一章之蚩蚩絲來絲
來謀淇丘期媒期章氓一之其之之不章氓三之其而淇不其其四章不其之思
五章淇之不思其不思哉六章淇不思之竹竿一章淇二章淇之之三章淇四章之能
不一章芄蘭之能不二章之之河廣一章不不二章之伯兮一章之二章其其思三章之思
四章淇之之有狐一章淇之之二章淇之之三章之之之木瓜一二三章之不哉黍離一二三章之
不哉二章之不哉三章不其期哉塒之牛來之思君子于役一章不不其之牛
二章且且君子陽陽一二章之不其之不哉哉哉揚之水一二章之不其之不哉哉哉

三章 之不其之不哉哉哉章 其其其之 中谷有蓷一章 其其其之不 二章 其其

其 三章 之之 兔爰一二三章 之 葛藟一二三章 不 采葛一二三章 不不 大車一章 不不 二章 不 三章 丘其來

丘中有麻一二章 丘其來 章 丘之之貽 三章 緇之之之 緇衣一二章 緇之之之 三章 緇之之

之 三章 之之 將仲子一二章 之之之 三章 不不不 叔于田一二三章 裘其之不 羔裘一章 裘其之

司 二章 裘其之之 三章 之不 遵大路一二章 之之不 女曰雞鳴二章 之來之贈之之之 三章

不不 山有扶蘇一二章 其其 二章 蘀兮一 不之不 二章 狡童一 思不思之 褰裳一二章 思不思來

二章 之不 丰一二章 之其其 東門之墠一章 之不思不 二章 不不不 子衿一章 思不來 二章 不 三章

之不 揚之水一章 之不之不 二章 其思 出其東門一章 其思 二章 之其之 溱洧一章 其其之

其之 二章 之之 雞鳴一二章 之之 三章 還一二 而而之而 著一二三章 之之之 東方未明一二章 不不

三章 之其之 南山三章 之不之媒不 四章 其其 二章 盧令一 鋂其偲 三章 其其 敝笱一二三章 之

之之葛屨一章其二章其其之汾沮洳一二三章其之之不哉其之其之其之思園有桃一二章
哉來陟岵一二三章之之十畝之間一二章之之不不不不伐檀一二三章其不其思其蟋蟀一二三章其
其其山有樞一二三章之不揚之水一章之其二章之三章之其之椒聊一二章之其不之不不杕杜
一二章裘之羔裘一二章不其鴇羽一二三章不之無衣一二章之之之有杕杜一二章之之之其葛生
四五章之之之之采苓一二三章之車鄰一章不其二三章之駟驖一章時之二章騏其其小戎
一章騏之其期之二章之之蒹葭一章之之之二三章梅裘其哉終南一章不二章之
其其其黃鳥一二三章之渭陽一章思之佩二章不權輿一章不不二章之丘之而宛丘一章
其丘之其二三章之丘之之其東門之枌一章之不其二章貽三章之之衡門一章其之
其之二三章之姬東門之池一二三章之期東門之楊二章之不之而不墓門一章梅不不思二章
之之澤陂一章之二章之三章裘裘不思羔裘一二五章其之之隰有萇楚一二三章之之匪風三章

之之蜉蝣一二章其之候人一章不其其之不其二三章其其其鳲鳩一章其不四章其
梅其絲其絲其騏二章其其不其不三章之之下泉四章之之之之七月一章
之狸裘之其其四章其其七章之之之其八章不其來東山一章不來其之
二章不來其不三章不來其之其其其其其之四章之破斧一二三章不媒不伐柯
一章其不之二章其其狼跋一章其其不二章之之九罭一章不三章之之鹿鳴一章之
不二章之之三章不四牡一章不不二章不來五章騏其絲謀皇華三章之不之常棣一章
之二章其其不之之伐木一章不來不來二章之不不天保一章不不二章不之
不三章之之五章之之之不不之不六章之不之采薇一章之其出車二章不
來思四章之其杕杜一二章之其二章其三章其其魚麗四五章其其時六章之之嘉魚三章
思思四章臺萊之基期南山有臺一章之二章之不三章不四五章其不不蓼蕭二章不

不不湛露一章 不三章 其其其不四章 之之之彤弓一二三章 其之之六月三章 菑其之

其騏騏采芑一章 其其二章 其其之三章 其來四章 不不其車攻六章 不不七章 其

吉日之之之二章 其三章 其之鴻鴈一章（之其三章） 之其之庭燎一章 其二章 其其三章 其不

之不沔水二章 之之其三章 之其之鶴鳴一二章 之祈父一二章 不之三章 之之白駒一二章 來

思期思三章 其而四章 之不黃鳥一二三章 其其之不我行其野一二章 其其不不三章 之

之斯干三章 其其其其四五章 之之之七章 之之之其八章 之之之九章 牛其來思

牛來思其無羊一章 來思其二章 來思來思不不之來三章 不不節南山一章 其不

二章 之之不不三章 不不五章 不不不六章 不不不其其九章 之之正月一章（瘼） 不不

二章 之其之三章 之之之五章 不不不不之六章（不不十章 之之十一章 其之十二章 之之十三章） 其之不不不七章 之之茲之之

之之八章 其其九章 之之之之（而而） 十月一章 不其不其而其而不二章（不不三章） 不時不謀萊

不矣五章不之七章之不不不不八章不其其一章雨無正不不不三章不不四章謀

謀不不謀之一章小旻之謀之其謀之不謀二章鼀不謀不其謀不三章哀哉

不四章不不其其六章之不不二章小宛之之之三章不之之一章小弁不不之二章

不之不四章之之其之之五章之之二章巧言其之三章之之之四章之之之五章

其不之一章何人斯不不不二章其不其不不三章其不不四章之不之之来

其五章不之否來六章箕謀二章巷伯謀不三章謀不其四章謀豺豺不不六章

之丘詩而之七章不不思三章谷風之之之不之三章蓼莪不五六章之不來

之之裘之四章大東不不五章不牛不之六章箕不不箕其之七章梅其尤

四月四章思一二三章無將大車之其不一章小明其之不不二章其之詒不三章之之四五章

不鍾鼓一四章其不二三章時時四章楚茨時其之之六章之之其一章信南山其其其

五章來其其其甫田三章之之之四章不不其其大田二章不不之三章來其來其其
四章其其瞻彼洛矣二三章其之裳裳者華一章其之其其二章之其其三章之之之之
之其之之四章其之桑扈一二章之之不不不三章其思來四章之之鴛鴦一章
其其二章之之之三四章期時來頍弁二章之思來車舝一章來二章其其其四章其
其能又時賓之初筵二章之其其其不其奭三章儆儆不其郵之而其而不
其四章之之不不之不五章其魚藻一二章其其三章之之來之之采菽一章其來其
其二章之之三章之其之四章之之哉哉哉五章不之菀柳一二章之其之三章裘
其不都人士一章臺緇不不二章之不三章不之四章之之不五章不采綠一章不期不二章
之其之之三章其四章之之黍苗一章牛哉二章之之四章其其隰桑一章其不二章
其三章不章之之隰桑四章之之白華一章之不二章其之其七章之之八章丘

之之之之之不之之一章綿蠻 丘之之之之不之之章二三 之之之三四章瓠葉 一二之

其其不漸漸之石一二章 不章三 之其之其一章苕之華 之其不章二 不不不何草不黃一章

不章二 其不不時一章文王 不哉之不章二 之不思之章三 熙哉之其不章四 之

五之不章六 之不之章七 不不一章大明 之之章四 來之章二 不章三 之章緜一

來來章二 膴當作腜 飴謀龜時茲章三 司司其章五 之之章六 不不其章八 之之

之棫樸一章 之之章三 思之思之一章思齊 時時章二 不不不章四 之其不之其矣皇

一之之其菑其之之其其之之其其章二 其其之章三 其其其

四章 不其其之之之章六 不不不之章七 臺之之之不之來一章靈臺 之二章下武

之之思思章三 茲思哉章四 茲來其之章五 之來不章六 哉一二章文王有聲 其來哉

三之哉章四五 思不哉章六 之之哉章七 不詒謀哉章八 時時一章生民 之牛之之

二章

之之三章不不不不四章之之之部五章之之六章之之謀七章其時八章台祺行葦四章

其既醉四章其之六章其文六章其七章其釐釐八章來來來鳧鷖一章來五章之之假樂

一章不不二章之三章之之不之四章之時時時時公劉三章其之之之之四章基

其其之六章其其其其其五章茲之泂酌一二三章不能民勞一章來來其卷阿一章其

章七八之之詩不十章不不不之板一章之之辭之之辭之之二章事謀三章

之不四章之之五六章之之八章之其其不蕩一章而三章不時不四章不不

五章不不七章其之之之章抑五章不不之之五章不不不不六章不不之思

不思思七章不不不不之八章之絲之基其之之其九章之之其之

而十章不不其十二章不而時之來十四章之不雲漢一章不不不不二章不

不不三章不不四章不五章不其不不六章哉哉不不七章其其八章之之其

崧高二章其三章之其四章其其六章不之七章其其八章之茲烝民一章之之其四章

之之不不不不五章之之之之六章其其八章之其之不不韓奕一章其

二章其其其三章之之之不其之之其四章時其其其六章來來江漢四章

之來五章不不常武二章不不其不瞻卬一章之之之二章不其四章不不不

不之五章之其之之之其之之六章其之不不不七章不其不召旻三章不

不四章之不時之不茲五章之不之不不裁六章不不清廟之不不之

之其之之維天之命熙之之維清茲之其之茲其之其之不其之不

烈文之之之之天作之不基熙其之昊天有成命牛其之之其之時

我將時其其之之時之時邁思貽時思文來來之來臣工噫嘻

時噫嘻來哉雝之思熙載見其其之[illegible]之之有客不茲思不閔

予小子時哉之其訪落之之思不哉茲不熙時仔敬之其而小
毖其其思其其其其其其之其[illegible]茲載芟其其其之
之其其其之良耜絲其紑基牛[illegible]鼐其思不不之絲衣時時熙
之之酌之時思時之思賚時其之時之時之般之思思駉一至四章駓
騏伾伾期才二章其詒有馶三章思其其其泮水一章思其其其其二章思其
三其之不四章其五章不不不六章其其不七章來其八章其不災不之之
閟宮一章之之之之之二章之之之之之三章而而而而不不不不[illegible]
而而而而四章來不之五章不不六章思來來之烈祖來來玄鳥之不
不不不長發四章之其不不不不五章其之其之殷武一章不來不來二章之
來三章不不不四章

第六模魚虞

于、于、于於葛覃一章 于、無、二章 姑、卷耳二三章 砠、瘏、痡、吁、四章 華、于、家、桃夭一章 于、家、

二三章 罝夫兔罝一二三章 如、汝墳一章 遐、二章 魚、如、如、三章 于。麟之趾一二三章 于、鵲巢一二三章 于、

二三章 于。于。于、于。采蘩一章 于。于。于。二章 于。于。于。采蘋一章 于。于。二章 于。三章 無、無、

家家、行露二章 無、牙無、家 三章 如。野有死麕二章 舒。無。無。三章 華車何彼襛矣一章 華如、二章

葭、豝。于。乎、虞△騶虞一章 于。乎。虞△二章 居、諸、胡。如。柏舟五章 于、于、于、如、燕燕一章 于、

于、于、二三章 于、乎、于、三章 居、諸、胡。日月一章 如、二三章 居、諸、胡 四章 居、于。于。擊鼓三章

乎。于。五章 于 雄雉三章 胡。胡。乎、式微一章 胡。胡。乎、二章 荼、如。如。如、谷風二章 毋。毋。三章

旬。四章 予、于、五章 余、六章 如、如、簡兮二章 于、于、諸、泉水一章 于、于、諸、姑 泉水二章 于、于、

車、于、瑕、三章 虛、邪、且 北風一章 虛、邪、且 二章 狐、烏、車、虛、邪、且 三章 籧。篨、新臺一二章

魚、三章 如。如、如、君子偕老一章 如、且、胡。胡。二章 且、如、三章 乎、乎、乎 桑中一二三章 無、無 鶉之奔奔一二章
于、于、定之方中一章 于、二章 于、三章 如、無、蝃蝀三章 無、無、相鼠一二章 無、無、三章 無、無、胡。三章 旟
都 干旄二章 於、夫、載馳一章 夫、無、如。四章 如。如、如。如、淇奧一章 如、二章 如、如。如、如。如、
三章 如、膚。如、如、如、碩人二章 于、夫、三章 罛、葭。四章 于、無、無、氓一章 無、二章 于。無、于。
無。三章 車、四章 于、五章 狐、無、有狐一二三章 瓜、琚 木瓜一章 于、于、于。如 君子于役一章 于、于、于、無、
二章 且 且 君子陽陽一二章 予、揚之水一二三章 于、初無、無、兔爰一二三章 如。采葛一二三章 車、如、大車一章 車、如、
二章 予、如、三章 予、予、緇衣一二三章 無。無。將仲子一二三章 無。無。諸、諸。二章 無。無。三章 于、無、居、無、
居、如、叔于田一章 于、無、無、如、二章 無、無、如 三章 于、如、如、于、無 大叔于田一章 于、二章 于、如、
三章 乎、乎 清人一二章 無。無 遵大路一二章 車 如、華 琚 且、都 有女同車一章 如、二章 扶、蘇 華 都 且
山有扶蘇一章 予、予 蘀兮一二章 無、且 褰裳一二章 乎、予、丰一二章 予、予 三四章 茹。如。藘 東門之墠一章

胡胡胡風雨一二三章予無揚之水一二章如如出其東門一章闍如荼如荼且茹藘娛二章乎

且乎訏溱洧一二章乎且乎訏二章乎乎還一二三章於乎乎華乎著一章於乎乎乎

二三無無甫田一二章盧盧盧盧令一二三章魚如敝笱一二三章無無乎汾沮洳一章如如如二三章

予無無陟岵一二三章胡胡伐檀一二三章無無蟋蟀一二三章于于揚之水一二章無且且椒聊一二章且二章

如綢繆一二三章無如無胡杕杜一二章于鴇羽一二三章無如無衣一二章于母有杕之杜一二章于予葛生

一二三章予四五章于無無胡采苓一二三章葭葭葭蒹葭一二三章于車夫如黃鳥一二三章于

車夫如二章于車夫如三章如如晨風一二章如如如三章無于無衣一二三章於乎渠

渠無餘于乎輿權輿一二章於乎于乎輿二章無宛丘一章無無二三章夫墓門一二章夫

章予防有鵲巢一二章舒月出一二三章胡乎株林一章于于二章蒲如無一章蒲無澤陂二三章

華無家隰有萇楚二章無隰有萇楚一三章車匪風一二章於蜉蝣一二三章無無于七月一章瓜壺苴荼

樗夫六章夫七章予據予荼予租予瘏予家鴟鴞三章予予予予四章徂東山
一章徂于二章徂于于瓜于三章徂于于如四章如如伐柯一章魚九罭一章無於二章
於三章無無四章胡膚狼跋一章胡膚瑕二章于四牡三四章魚二章華于夫皇華一章如二三章
家帑圖乎常棣八章諸於諸伐木二章于無無三章如如如如如天保三章于無四章
如如如如無六章家居采薇一章華車車居四章車于夫出車一章車于旟胡
夫二章于車于三章華塗居書四章夫杕杜一二四章車夫三章魚于魚麗一二三章魚南有嘉魚二章
家無南山有臺一二章遐南山有臺四五章車于六月一章于于二章居于四章車如如于五章
于于車魚采芑一章于于車二章車如如四章車徂車攻一章車二章于徒于
三章夫五章如六章徒七章于無八章于于于鴻鴈一二章于三章如庭燎一二三章于于魚于
鶴鳴一二章予牙胡予于居祈父一章予胡予于二章胡予于三章於白駒一二章於二章無三章

如毋遐 四章 無于無 黃鳥一二三章 諸 二三章 樗居家 我行其野一章 如如無 斯干一章 除去芋

三章 如如如如 四章 無無無 九章 無無 一章 無羊 魚旟魚旟 四章 如如 節南山五章 無無

辜于烏于 正月三章 予烏 五章 如胡 七章 十章 魚于 十一章 徒家夫 十月四章 都于車居祖

六章 無無辜 七章 圖辜無胥鋪 雨無正一章 夫居夫諸 二章 如如胡 三章 于都予家

無居 七章 斁于 小旻一章 于胡 二章 如無胥 五章 如如于如于 六章 于辜于如 小弁一章

如如 二章 如舒予 七章 于無無 八章 且無無辜如憮予無憮予無辜 巧言一章 如如

二章 居無無居徒 六章 胡 何人斯一章 胡如 二章 胡于于 三章 胡胡胡 四章 舍車盱

五章 于如 谷風二章 無無 三章 如無無 蓼莪三章 如如 大東一章 祖胡 四月一章 無車無

無將大車一章 無車無 二三章 徂于初如 小明一章 無 四五章 與與 楚茨一章 諸諸 楚茨五章 家

瞻彼洛矣二三章 華 裳裳者華一二三章 胥 桑扈一二章 于 頍弁一二章 如無無 三章 無 車舝一章 無 二章 無

無無三章 于無青蠅一章 于二三章 初夫賓之初筵一章 初三章 魚魚藻一二章 魚于蒲居三章 無

胥角弓一章 胥胥二章 無于四章 如如五章 居七章 如六章 如如八章 無予予菀柳一二章

于于予居三章 都狐于都人士一章 都二三章 都如四章 餘旟盱五章 車黍苗二章 徒三章

如隰桑一章 予遐四章 于白華四章 于于五章 于如車緜蠻一章 于車二三章 華如如

無苕之華二章 華一章 狐車何草不黃四章 夫二三章 於于文王一章 於假于四章 于膚于無

五章 無于六章 無虞無無七章 于于大明二章 于五章 于于六章 如于予無七章 瓜

初沮家緜一章 于胥二章 徒家五章 虞予疏予予九章 徒于棫樸三章 于遐四章 魚

于遐旱麓三章 于于于家思齊三章 假瑕四章 無無于祖祖于皇矣五章 無無居

六章 無無八章 於魚靈臺二章 於於三四章 于下武一章 于二章 於五章 於遐六章 于于文王有聲二章

呱訏生民三章 訏瓜四章 于于于居胡無于八章 居于于公劉一章 于胥無二章 于于

于于于三章于于四章如如卷阿六章于于七章于于于八章于于九章無無民勞
一章無無無二章無無三四五章無無板二章如如如如如如無無六章無無
七八章無無章無無無無蕩四章如如如如乎于章訏謨抑二章于于于
歟抑三章如無胥車四章無無無無六章遐無乎予七章於乎十二章旗於
乎桑柔二章予如予桑柔十四章于於乎辜雲漢一章徂二章如如餘胡乎三章如如
如五章無夫無如七章夫無無八章于于于崧高一章于于二章車圖居五章如
圖六章于屠壺魚蒲車且胥韓奕三章夫車旗舒鋪江漢一章夫二章于于于
三章無予四章于于五章徐常武二章舒徐徐徐三章如如如鋪四章如如如如
如如徐五章徐徐徐徐六章如如召旻四章於呼七章於無於清廟於於乎
維天之命無無于無於乎烈文無于思文茹如畬於臣工于于無無振鷺

與、沮魚 潛 於○無○武 予、家、於○乎、予、於○乎、閔予小子 予、於○乎、予、予、家、家

訪落 予○予、家、予○于、小毖 徂○家、胡○且、且如、載芟 如、如、良耜 徂、徂、吳、

絲衣 于○家 於○于、桓 敷○祖○於○賚 於○敷○般 騢魚祛祛車、無、邪徂 駉四章

車、無、一二三章 于、于○胥、有駜一二章 于○胥、三章 無○無、于、泮水一章 車、徒○七章 居○于、于○無○

無、于、閟宮二章 如○如、四章 車、徒、徒、舒、胥、無、五章 與、與 那 無、無、無、無、烈祖 敷○

長發五章 四 都、于、殷武三章

第七先真臻

蓁蓁人桃夭三章 薪漢廣二三章 麟麟麟之趾二三章 命小星一二章 蘋濱采蘋一章 人人綠衣三四章 淵

身人燕燕四章 洵信擊鼓五章 薪人凱風二章 人三四章 新新新谷風二三六章 榛苓人人

人簡兮四章 天北門一章 人天二章 人天三章 洵人靜女三章 新新臺一二章 天人柏舟一章 天

人二章 瑱天君子偕老二章 人人鶉之奔奔一二章 零人田人淵干定之方中三章 人信命蝃蝀

三章 人人相鼠一二三章 人人人人三章 人人人考槃一二三章 天人黍離一二三章 薪申揚之水一章 人

人中谷有蓷二三章 人人葛藟一二三章 人人將仲子三章 田人人洵仁叔于田一章 洵二章 洵三章 人人人

清人一二三章 溱人褰裳一二章 信人人揚之水一章 薪人信人人信二章 零人野有蔓草一二章 溱洧溱洧

一二章 顛顛東方未明一章 顛顛令二章 田田人甫田二章 令人仁盧令一章 人二三章 人人三章 葛屨

章 人人園有桃一二章 人人人山有樞一二三章 粼粼命人揚之水三章 薪天人人綢繆一章 人人羔裘一二章 苓

苓顛人信人采苓一章　人人二三章　鄰鄰顛令車鄰一章　人人人蒹葭二三章　天人人身黃鳥一二三章　人月出一二

三章　人澤陂一二三章　榛人人人年鳲鳩四章　人一二三章　薪年東山三章　親新四章　人破斧一二三章　駰均詢皇華五章　人

神伐木一章　遵民三章　天天保一三章　天天二章　蠲四章　神民五章　零蓼蕭一至四章　令湛露三四章　新田千

采芑一二章　天千淵闐三章　人鴻鴈一章　人人三章　淵鶴鳴一二章　天淵二章　人白駒一二章　薪矜矜

三章　無羊　人人年溱四章　親民信節南山四章　均民天三章　天天五章　憽憽民臣人正月三章

薪民天人四章　人六章　田七章　民天憽人十三章　辛民十月一章　電令人三章　天人七章　天天雨無正一章

天信臻身天三章　人人羣　天人人小宛一章　人天命二章　民三章　民天小弁一章　信薪七章　天天天巧言一章

人何人斯一章　人二章　人陳身人天三章　人卷伯一二章　人信三章　人人天天人人矜五章　人人六章　人七章

薪人薪薪人大東三章　人人人人四章　天淵四月七章　臣賢北山二章　塵疧無將大車一章　塵二三章　天人

小明一章　人二三章　神四五章　人鼓鍾一二三章　神楚茨二章　神三四五六章　信甸畇畇田信南山一章　天二章　賓年

三章田天四章田田千陳人年甫田一章田田二章田三章田大田一章田田二章田三章田四章年鴛鴦一二三四章

人頍弁一二三章薪薪車舝四章新五章信青蠅一章人二章榛人人三章天命天申采菽三章令令角弓三章

天人臻矜菀柳三章人都人士一二三四章田人白華三章薪人四章命緜蠻一二三章人漸漸之石一二三章玄矜民何草不黄

二章天命新命文王一章天命命四章天命匡五章命命六章命天天七章天天大明一章

天命天四章天親五章命天命萃命六章天人棫樸四章天淵人旱麓三章民神五章神神

思齊二章人人五章天命皇矣二章天下武一章命二章人四章年天五章天年六章民民生民一章堅賢行葦

三章年既醉一二章令令三章年章六天年命七章令民人天命天申假樂一章天民四章民泂酌

一二三章令令卷阿六章天七章天人命人八章民民勞一五章民民惛民二章民三章民民四章民

五章天天民民板二章民諂三章天四章天民五章天民民民六章人七章天天天天八章民命

天民命蕩一章人命七章人八章人人人抑一章人命民二章人民五章民民六章人人人九章

旬民填天矜桑柔一章 民二章 天三章 民人八章 人九章 人人十章 人十一章 天人天臻神雲漢一章
民天三章 天五章 瘨年天神六章 人天七章 天命天八章 天神申申崧高一章 申命申二章
命申人申田命人三章 申申四章 申五章 申申申六章 申申七章八 天民民天天烝民一章 令
令天命二章 命命三章 命身人四章 人五章 人民六章 旬命命命韓奕一章 旬命江漢四章 人田
命命天年五章 天天令六章 天填民瞻卬一章 人田人民人二章 天人三章 天神人五章 天人
天人六章 天七章 天天瘨民召旻一章 天二章 命人七章 天人清廟一章 天命維天之命 天命命
昊天有成命 天天我將 天民命陳思文 臣年命人臣工 人天雝 天命敬之 年天
命天桓 天命般 命天年烈祖 天命玄命命玄鳥 天命殷武三章 天命民命
四章

第八 痕魂真諄文殷

詵詵孫振振螽斯一章孫二三章孫三章君樛木一二三章遵墳君汝墳一二章振振麟趾一二三章君草蟲

一二殷振振君殷其靁一二三章麕春野有死麕一章孫何彼襛矣二章緍孫三章溫先君燕燕四章君雄雉二四章

云云雄雉三章君四章昏昏昏谷風二三六章門殷殷貧艱北門一章君云君子偕老一章雲二章云桑中

一二三章鶉奔奔鶉之奔奔一章鶉奔奔君二章昏姻蝃蝀三章君君淇奧一二章君君二章君三章君

君君子于役一二章君君子陽陽二三章漘昆昆聞葛藟三章啍瑞奔大車二章遵遵大路一二章君云風雨一二三章

門雲雲存巾員出其東門一章闉二章鰥雲敝笱一章汾汾汾汾沮洳一二三章輪漘淪囷鶉君

飧伐檀三章君十一二章君二章君云揚之水一二章聞三章君東鄰一二三章辰辰駟驖二章文茵君溫小戎

君晨風一二三章

一君溫二章羣錞君小戎三章君君終南一章君二章門粉東門之枌一章門東門之池一二三章門昏東門

之楊一門墓門二章君鳲鳩三四章一二春遵春七月二章慇勤閔鴟鴞一章遵九罭二三章孫狼跋二章

賓鹿鳴一章　賓民賓二章　賓賓三章　駪駪皇華一章　蹲蹲伐木三章　君君出車五章　君魚麗一二三章　君賓

嘉魚一二三章　君君南山有臺一至五章　民三章　君蓼蕭一二三四章　賓彤弓一二三章　君菁菁者莪一二三四章　矜鰥鴻鴈一章　君

庭燎三章　晨煇君旂三章　祈祈父一二三章　昏姻我行其野一二章　姻三章　君斯干三四五章　羣犉無羊一章　民

君姻節南山四章　君民君五章　云云雨無正六章　昏姻云慇慇正月十二章　君君雨無正三四章　溫昏小宛二章

先一章　溫溫小宛六章　君小弁六章　君君七章　君君君巧言二章　君君三章　君四五章　君五章　艱門云云

何人斯一章　云二章　聞三章　民蓼莪六章　濱均北山二章　云云小明二三章　君四五章　君鼓鍾一二三章　君賓楚茨三章

孫芬四章　孫君五章　君孫孫六章　孫信南山一章　雲雰雰二章　孫賓三章　孫四章　芬芬六章　孫

孫甫田三四章　君瞻彼洛矣一章　君君二三章　芸裳裳者華二章　君君四章　君桑扈一二章　君鴛鴦一二三四章　君君頍弁

孫賓二

一二章　賓賓之初筵一章　賓溫溫三章　芹君旂旂采菽二章　君君三五章　君君四章　君君五章　昏姻

角弓一章　民民二章　民都人士一章　君二三四章　云黍苗二三章　君隰桑一三章　君云二章　君瓠葉一二三四章　芸苕之華一章

墳三章 文文文王一章 文聞文孫文孫二章 文三章 文孫孫四章 殷殷六章 殷五章 殷文七章 殷

嬪文大明二章 門門門門緜七章 君旱麓一二三四五六章 君文孫皇矣四章 文先五章 文文七章 賁論三章

論四章 文文文王有聲一章 文文又章 禋震生民一章 先禋二章 鈞均賓行葦四章 麋麋六章 君既醉一章 君二章

五六七章 賓行葦五章 亹熏欣芬艱鳧鷖五章 君假樂一章 孫君假樂二章 羣三章 邈公劉五章 邈六章 餴

君洞酌一章 君卷阿一章 君先二章 君三至八章 君君十章 捫孫抑六章 緡溼溫九章 諄諄十一章 句

民桑柔一章 翩泯燼頻二章 云君三章 慇慇辰痻四章 君民民八章 川焚熏羣先 蜱蚍九章

聞遯雲漢五章 云羣先先四章 汾雲門韓奕四章 震震常武三章 震敦濆常武四章 云頻云

六章 文奔清廟 文純文孫維天之命 文禋維清 文孫烈文 文孫天作 震

震神時邁 文文殷武 耘畛載芟 邈純酌 文勤賚 振振咽咽有駜一二章 君

孫三章 芹旂旂泮水一章 民文四章 孫閟宮二三章 孫淵淵孫先溼孫那殷先孫孫旂員殷

殷一章

玄鳥 甡甡又彔至 九章

第九　寒桓元刪山先仙

關關 關雎一章 言 柏舟四五章 言言言 葛覃二章 言言 芣苢一二三章 言言 漢廣二三章 蘩蘩 采蘩一二章

言還 三章 山言 草蟲二三章 言言 終風三章 言言 四章 穿 行露二三章 山 殷其靁一二三章 爰寒泉 凱風三章

爰爰爰 擊鼓三章 干言遄言 泉水三章 泉歎 四章 焉 北門一二三章 焉焉 二三章 言 二子乘舟一二章 言言

牆有茨一二三章 言言 二章 言言 三章 然然 君子偕老二章 爰 桑中一二三章 干 干旄一二三章 言 載馳一章 旋 二三章 旋 三章 言

四章 槃澗寬言諼 考槃一章 槃 二三章 芄蘭 芄蘭二章 垣關漣漣關言言遷 氓二章

竿 竹竿一章 泉源 二三章 泉源 三章 言 四章 言 三章 河廣 伯兮 焉諼言言 四章 瓊 木瓜一二三章 還 揚之水一二三章 乾

嘆嘆難 中谷有蓷一章 爰爰 兔爰一二三章 緜緜 葛藟一二三章 還還還 緇衣一二三章 園檀言言 將仲子三章

言言 女曰雞鳴二章 顏顏 有女同車一二章 山山 山有扶蘇一二章 言餐 狡童一二章 褰褰 褰裳一二章 蔓溥

婉願 野有蔓草一章 蔓婉 二章 渙蕑觀觀 溱洧一章 觀觀 二章 還間肩儇 還一章 瓊瓊 著一二三章

環鬈 盧令二章 言 汾沮洳一二三章 園園 園有桃一二章 旃 陟岵一二三章 閒閑還 十畝之間一章 檀干漣廛縣貆餐

伐檀一章 縣 二三章 縣 三章 爰 碩鼠一二章 山山 山有樞一二三章 蕃蕃 椒聊一二章 焉焉 杕杜一二章 安安 無衣一二章

言旃旃然言焉 采苓一二三章 園閑鸞 駟驖三章 言 小戎一二三章 顏丹 終南一章 山 晨風二三章 菅言 東門

之池三章 焉 防有鵲巢一二章 蕑卷（上）悁悁 澤陂二章 冠欒欒慱慱 素冠一章 泉 下泉一二三章 山 東山一二三四章

蛸蛸 一章 翩翩 四牡四章 三 爰 皇華二三四五章 原 常棣二章 原難歎 常棣三章 山川 天保三章 然 嘉魚 千章 言

還 出車六章 然 南有嘉魚一二章 山山 南山有臺一至五章 言 彤弓一二三章 翩翩然 四章 安軒閑原憲 六月五章 干

采芑一二三章 鸞元嘽嘽嘽嘽鸞 四章 垣安 鴻鴈二章 宣 三章 爰 一章 鸞 庭燎一二章 言觀 三章 言

言 沔水三章 園爰檀山 鶴鳴一二章 焉 白駒一二章 然 三章 言旋言 黃鳥一二三章 言 我行其野一二三章 言言言 二章

言 三章 干山 斯干一章 爰爰爰爰 二章 莞安 六章 川山 十月三章 繁言 正月一章 言 雨無正三章 言言 四章

言言言 五章 言言 小旻四章 山泉 小弁八章 言撫 遄遄 巧言二章 言言言 巧言五章 還還難 何人斯六章 翩翩言

板痒憲遠管亶遠
協板一

卷伯三章 幡幡言遷 四章 言、焉 大東一章 山、蓼莪五六章 泉歎 大東三章 鞙鞙 五章 泉 四月四章 鶉鳶

翰鱣 四月七章 還 小明二三章 安 小明四五章 山言 北山一章 熯愆 楚茨四章 山原 信南山一章 難那 桑扈

三 鴛 鴛鴦一二章 閒關 車舝一章 樊言 青蠅一章 蓬反幡遷僊 賓之初筵三章 言言 五章

泉言言觀鸞 采菽二章 焉焉焉 菀柳二章 翩反遠 角弓一章 遠然 二章 卷 都人士四五章 言

言 采綠三章 言、觀 四章 原泉 黍苗五章 菅遠 白華一章 菅難 二章 緜蠻 緜蠻一二三章 幡幡言

瓠葉一章 燔言 三四章 燔言獻 二章 山川 漸漸之石一二章 檀騵 大明八章 緜緜 緜一章 爰 緜二章 原爰

爰爰 三章 爰 四章 爰爰 皇矣一章 然然 五章 泉泉原 六章 閑閑言言連連安安

筵 行葦一章

八章 筵 行葦二章 干愆 假樂二章 干爰 公劉一章 原繁宣嘆巘原 二章 泉原言言 三章

觀泉單原 五章 爰爰 六章 安殘 民勞五章 然然 板二章 言言 三章 藩垣翰 七章 言

抑五章 言言言 六章 顏愆 七章 言言 九十章 言言 十一章 言 桑柔九章 言言 十三章 言言 十六章

翰蕃宣崧高一章番番嘽嘽翰憲七章山烝民一二三章山山四六七八章鸞七章鸞遄八章

言言五六章山韓虔餘韓奕一章韓韓二章韓鮮選三章韓韓鸞韓四章韓韓

韓韓燕五章韓燕完蠻韓六章安安江漢一章宣翰四章嘽嘽翰漢山川緜

緜常武五章言干時邁宣燕難言言有客嬛嬛閔予小子桓桓閑桓山

山般緜緜載芟言駉一至四章言有駜一二章桓桓泮水六章山丸丸遷虔梴閑安

殷武六章

敖之遨 倩

第十蕭宵肴豪尤幽

鳩洲逑 關雎一章 流求求悠悠 二章 樛 樛木一二三章 赳赳 兔罝一二三章 逵仇 二章 休游求 漢廣

鳩仇求一二三章

一章 條調 汝墳一章 條 二章 憂 草蟲一二四章 求 摽有梅一二三章 昴裯猶 小星二章 茅包誘 野有死麕一章

茅 二章 舟流憂敖遊 柏舟一章 憂 綠衣一二章 悠悠 終風二章 漕 擊鼓一章 憂 二章 求 三章 慅

悠 雄雉三章 求 四章 舟游求救 谷風四章 讎售 五章 漕悠遊憂 泉水四章 求 新臺一二三章 舟

馳

二子乘舟一二章 舟髦 柏舟一章 舟髦二章 悠漕憂 載馳一章 柔蝤 碩人二章 滺滺舟遊憂

竹竿四章 憂 有狐一二三章 憂求悠悠 黍離一二三章 陶陶翻由敖 君子陽陽二章 由 一章 流 揚之水一二三章

脩 敖之遊 條條 中谷有蓷二章 罦憂 兔爰二章 蕭秋 采葛二章 矛翱 清人一章 陶陶抽 清人三章 矛 二章 慅

悠 子衿一二章 流 揚之水一二章 聊 出其東門一二章 朝 雞鳴二章 遭峱 還一二三章 滔儦遊敖 載驅四章 翱 三章

憂憂 園有桃一章 憂聊憂 二章 休慆憂休 蟋蟀三章 椒聊椒聊條 椒聊一二章 綢繆 綢繆一二三章

苞悠悠鴇羽一二三章遊軜駟驖三章收輈游小戎一章遊遊遊蒹葭一二三章憂晨風一章苞憂二三
章袍修矛仇無衣一章修矛二章修三章荍椒東門之枌三章侜防有鵲巢一二章翢憂羔裘二章聊
素冠二三章周匪風一二章蜉蝣憂蜉蝣一二三章鳩四章鳲鳩一二三苞蕭周下泉一二章苞三章流七月一章流求柔
二章蔞蜩四章茅綯六章綢繆鴟鴞二章譙譙翛翛鴟鴞四章蠨蛸宵東山二章周破斧一二章
銶周遒休三章呦呦鹿鳴一二三章苞四牡三四章周皇華二三四五章裒求常棣二章幽求猶求求
伐木一章柔憂憂采薇二章蕭蓼蕭一二三四章鞗攸四章櫜好醻彤弓三章舟浮休菁菁者莪四章
讎猶采芑四章蕭蕭悠悠庖車攻七章臯鶴鳴一二章優遊白駒三章幽幽苞茂好猶斯干一章
攸攸攸斯干三章攸四章茂矛醻節南山八章憂憂憂正月一章憂二三章憂三章仇仇七章
憂周寢八章悠悠憂休八章流休雨無正五章猶猶小旻一章憂小弁一章周憂憂憂
二章舟流憂四章憂五六章醻究七章悠悠巧言一章捄周大東一章滔滔四月六章憂

無將大車一二三章 憂 小明一二三章 𢡟 洲憂妯猶 鼓鍾三章 憂一二章 求求 甫田六章 觩柔敖求 桑扈四章 憂
頍弁一二章 由由 賓之初筵五章 舟優遊 采菽五章 猱猷 角弓六章 浮流髦 當作鬏 憂 八章 角弓 悠悠
黍苗一章 幽膠 隰桑三章 茅猶 白華二章 滮流 三章 炮 瓠葉二章 炰醻 四章 悠 漸漸之石一二章 幽
周 何草不黄四章 周周 文王一章 周周 二章 猶周 三章 周 四五章 周 五章 脩求 六章 臭孚 七章 臯臯
緜七章 𢡟 六章 舟周 三章 棫樸 條求 六章 麀攸麀 靈臺二章 周 下武一章 求孚 二章 孚 三章
攸 文王有聲四五章 攸攸 生民一章 揄 當作蹂 舀 蹂叟叟浮浮 七章 㲉㲉 行葦三章 由 假樂三章 二 攸
四章 劉 公劉一至六章 曹牢匏 四章 攸 泂酌三章 二 游 卷阿一章 游優遊休酋 二章 休逑憂休 民勞
二章 猶猶 板一章 柔劉憂 桑柔一章 炰休 蕩四章 柔揉 崧高八章 浮浮滔滔遊求 江漢一章
遊騷 常武三章 苞流 五章 蟊蟊收瘳 瞻卬一章 收 二章 臯臯 三章 優懮 六章 憂 七章 周
柔周橐求 時邁 年育 思文 求年匡工求 鞗俅 載見 悠猶休 訪落

俅。俅觩柔敖休絲衣求周賚周猶裒。周般求泮水四章皋陶囚五章觩
搜猶七章球球旒休絿柔優優遒長發四章

第十一　豪蕭宵肴

桃夭夭桃夭一二三章　喬漢廣一章　翹翹二三章　巢鵲巢一二三章　喓喓草蟲一章　羔羔羊一二三章　宵小星
一二章　夭夭勞凱風一章　勞三章　交交北門二三章　招招匏有苦葉四章　要桑中一二三章　旄郊干旄一章　敖
敖郊驕鑣鑣朝勞碩人三章　勞朝氓五章　刀朝河廣二章　桃瑤木瓜二章　苗搖搖黍離
一章　招君子陽陽一二章　消麃麃喬遙遙清人二章　羔羔裘一二三章　漂要蘀兮二章　驕勞忉甫田一章
勞二章　桃殽謠驕園有桃一章　苗勞郊郊郊號碩鼠三章　鑣驕駟驖三章　交交黃鳥一二三章　巢
苕忉防有鵲巢一章　勞月出一二三章　羔道遙朝勞忉羔裘一章　羔二三章　夭隰有萇楚一二三章　飄漂弔
匪風二章　苗膏勞下泉四章　羔羔七月八章　鴞鴞鴟鴞一章　翹翹漂搖嘵嘵四章　蒿昭恌
傚敖鹿鳴二章　郊旄出車二章　弨朝彤弓一二三章　苗囂旄敖車攻三章　勞鴻鴈二章　嗷勞驕
三章　苗朝遙遙白駒一章　高號正月六章　勞囂十月七章　交交小宛五章　驕勞驕勞巷伯五章

青芳手書

蒿勞蓼莪一章勞、二章飄風°蓼莪五六章佻°佻大東二章號勞北山五章刀毛膋信南山五章交°交、

桑扈一二章交、四章殽頍弁一二三章鷸敖車舝二章高、車舝四五章號、呶賓之初筵四章瀌瀌消驕角弓七章

朝朝采綠一二章苗膏、勞黍苗一章勞、白華四章高勞朝漸漸之石一章苕°苕之華一二章昭°下武四章昭°

五章昭、既醉二章昭°高°三章舟°瑤刀公劉二章勞、民勞一章勞、怓勞二章僚囂、囂笑蕘△

板三章喬、昭、時邁高°高°敬之苗麃載芟高°喬°般鞉、鞉°那

第十二歌戈支麻

差關雎二章 差差三章 為為葛覃二章 施施一二章 宜螽斯一二三章 宜桃夭一二三章 嗟麟之趾一二三章 何

何行露二三章 皮紽委蛇委蛇羔羊一章 委蛇委蛇二三章 何殷其靁一二三章 沱過過歌

江有汜一二章 何何彼襛矣一二○章 嗟騶虞一二章 嗟嗟擊鼓五章 吹吹凱風一二章 何何多旄丘一章 何何二章

為何北門一二三章 為何二章 為何三章 河新臺一二章 離施三章 河儀它柏舟一章 河二章 珈委委佗

佗河宜何君子偕老一章 為鵲鶉之奔奔一二章 猗為三章 皮儀儀何為相鼠一章 何二章 何干旄一二三章 嘉載馳二三章

猗猗磋磨淇奧一章 阿薖歌過考槃二章 河施碩人四章 垂芄蘭二章 河河河廣一二章 為木瓜

一二三章 靡靡 離離何何黍離一章 離離何何二三章 離離何何三章 何嗟中谷有蓷三章 離羅為罹

吪一章 兔爰 離二三章 離三章 河他他葛藟一二三章 麻嗟嗟施施丘中有麻一章 宜為緇衣一章 多多

將仲子三章 河河清人一二章 加宜宜女曰雞鳴二章

吹、和○蘀兮一章　他、佗○褰裳一二章　驪、垂○載驅二章　猗○嗟、猗嗟一二三章　歌、何○園有桃一章　何、二章　嗟、陟岵一二三章

河、河○猗　禾、伐檀一二三章　他○山有樞一二章　他○二章　何○他○三章　何、何　揚之水一二章　何、何　綢繆一二三章　他、嗟○

杕杜一二章　何、何　何　鴇羽一二三章　為、為、采苓一二三章　何、何　多　晨風一二三章　何○渭陽一二章　差　麻　婆、娑　東門之枌二章

池　東門之池一二三章　麻　丘中有麻一二章

婆○娑　一章　河、衡門二三章　為　東門之楊一二章　陂　荷　何　為　沱　澤陂一二三章　猗　儺　隰有萇楚一二三章

儀、儀、鳲鳩一三章　禾、禾○麻、嗟○七月七章　縭　儀　嘉　何　東山四章　錡　吪　嘉　破斧一章　柯、何　伐柯一章　柯　和一

柯　二章　嘉、鹿鳴一章　嘉、嘉○二章　嘉、和○嘉、三章　馳○皇華二三四五章　和○常棣六七章　宜○八章　釃○伐木二三章　何

何　采薇四章　多、出車一四章　麗、鯊　多　魚麗一章　麗、多○二章　麗、三章　多、嘉、四章　嘉、嘉○南有嘉魚一二章

加　葭　菁莪一二章

嘉○三章　猗　離、離　儀　湛露四章　嘉、彤弓一二三章　莪　阿　儀　菁菁者莪一章　莪二三　何、庭燎一二三章　他○為、鶴鳴一章　他○二章　何

羆、蛇　六章　斯干　羆　蛇　七章　瓦　儀　議　罹　九章　阿　池　訛　何○蓑、何　無羊二章　何○節南山一章　猗　何　瘥

多　嘉　嗟　二章　為○為、訛、正月五章　為、為、十月三章　河　他　小旻六章　宜○宜、小宛五章　罹　何○何　何　小弁一章

椅　杝　佗　七章

何河為何為多何巧言六章何何人斯一章何三章何為四章吹吹七章為為八章歌猗為
巷伯七章莪莪蓼莪二章何何何一章議為北山三章嗟小明六章何為為五章左左楚茨一章
宜裳裳者華四章羅宜鴛鴦一章宜二章何嘉他頍弁一章嘉歌車舝三章儀儀儀儀
俄傞嘉儀賓之初筵三章垂四章阿難何都人士四五章阿何隰桑一章阿二四章池歌三章白華三章
阿何緜蠻一章波沱佗漸漸之石三章何何何何草不黃一章何何二章
多多文王三章莪宜棫樸
二章阿池皇矣六章和麻生民四章嘉歌行葦二章何嘉儀既醉四章儀五章何六七八章
沙宜多嘉為鳧鷖二章宜宜假樂一二章阿歌卷阿一章多卷阿七八章多馳多歌十章隨
儀民勞一至五章儀三章儀抑一二章儀嘉磨為五章嘉儀八章為為十一章為為桑柔五章可歌十六章
嘉儀儀烝民二章何何何韓奕三章皮羆六章宜宜瞻卬二章
河戈時邁嗟嗟嗟嗟
何何臣工多多為為豐年猗多潛隨河般犧宜多閟宮三章宜多七章

猗那 那 河宜何 玄鳥 為何 長發 五章 嗟 嗟 烈祖

第十三唐陽庚

筐行卷耳一章 岡黃觥傷三章 荒將樛木二章 廣泳方漢廣一二三章 魴王汝墳三章 方將

鵲巢二章 行采蘋一章 筐湘二章 棠甘棠一二三章 行行行露一章 羊羔羊一二三章 陽遑殷其靁一章 遑二三章

遑三章 唐王何彼襛矣一章 王二三章 王三章 黃綠衣一章 黃裳亡綠衣二章 望燕燕一三章 頏將望

燕燕二章 望三章 方良忘日月三章 方四章 鏜兵行擊鼓一章 行臧雄雉四章 卬卬卬匏有

苦葉四章 梁遑谷風三章 方泳亡喪四章 方將方簡兮一章 方方簡兮四章 王王北門二三章

涼雱行北風一章 牆牆有茨一章 襄詳詳長二章 揚君子偕老二章 揚揚三章 唐鄉姜桑桑中一章 桑

二三章 桑三章 彊彊良兄鶉之奔奔一章 彊彊良二章 堂京桑臧定之方中二章 行兄蝃蝀一章 良

干旄一二三章 臧臧載馳二章 蝱行狂四章 洋洋碩人三章 氓良將氓一章 桑桑三章 桑黃湯裳

行氓四章 行兄竹竿二章 杭望河廣一章 梁裳有狐一章 行蒼黍離一章 行蒼二三章 行蒼三章 羊

陽陽簧房 君子于役一二章 揚 君子陽陽一章 兄 揚之水一二三章 將將 葛藟一二三章 將 丘中有麻一二章 將牆 將仲子一二三章

桑兄兄 二章 將 三章 將傷 大叔于田一章 黃襄行揚良 二章 彭旁旁英翔 清人一章 明將

將翔 女曰雞鳴一章 將將翔姜 有女同車一章 行英將將翔將姜忘 二章 裳狂狂 褰裳

昌堂將 丰一二章 裳裳行 三章 裳裳 四章 揚兄揚兄 揚之水一二章 揚相 野有蔓草一章 瀼

瀼揚相臧 二章 方方相 溱洧一章 將相 二章 方明昌方明光 雞鳴二章 蒼 一章 昌陽

狼臧 還三章 堂黃英 著三章 方方 東方之日一二章 方明裳 東方未明一章 方裳 二章 狂 三章 梁魴

敝笱一二章 梁 三章 湯湯行彭彭翔 載驅三章 行 四章 昌長揚揚蹌臧 猗嗟一章 揚 三章

霜裳 葛屨一章 方桑英英行 汾沮洳二章 望行 陟岵一二章 望行 三章 岡望兄兄行 三章 桑

行 十畝之間一二章 將 碩鼠一二三章 堂康荒良 蟋蟀一二三章 揚揚揚 揚之水一二三章 良良 綢繆一章 行

行兄 杕杜一二章 王蒼 鴇羽一二章 王蒼 二章 行桑王梁嘗蒼常 三章 亡 葛生一二三章 陽陽陽 采苓

一二三章 桑揚黃亡 車鄰三章 蒼蒼霜方長央 蒹葭一章 堂裳將忘 終南二章 黃蒼良
黃鳥一三章 黃桑行行防蒼良 二章 黃蒼良 三章 忘 晨風一二三章 裳兵行 無衣三章 王 一二三章
陽黃 渭陽一章 湯上望 宛丘一章 衡洋洋 衡門一章 魴姜 二章 楊牂牂明煌煌 東門
之楊一章 楊明 二章 良 墓門一二章 防 唐 防有鵲巢二章 傷 滂 澤陂一章 翔堂傷 羔裘二章 萇 隰有萇楚一二三章
梁 候人二三章 桑 鳲鳩一二三四章 稂京 下泉一章 京 二三章 王 四章 陽倉庚筐行桑傷 七月二章 桑斨
揚桑黃陽裳 三章 霜場饗羊堂觥疆 八章 裳行桑 東山一章 場行 二章 斨皇
將 破斧一章 魴裳 九罭一章 狼 狼跋二二章 黃筐將行 鹿鳴一章 王傷 四牡一章 王遑 二章 王遑
將 三四章 將 五章 皇皇 皇皇華一章 常兄 常棣一章 喪兄兄 二章 兄良況 三章 兄牆良 四章 喪兄
五章 兄 六七章 享嘗王疆 天保四章 岡方 三章 剛陽王遑 小采薇三章 楊行傷 六章 王方彭彭
央 央方襄 出車三章 王 出車四章 倉庚 六章 方王遑 四章 王陽傷遑 杕杜一章 王傷 二章 王

三章鱨魚麗鯊一章魴鱧二章桑楊光疆南山有臺二章瀼瀼光爽忘蓼蕭二章藏貺饗彤弓一章常

王匡王六月一章方陽章央行四章央方衡瑲皇瑲珩采芑二章方方一方方方三四章

央光將庭燎一章湯揚行忘沔水二章場白駒一二章黃黃黃鳥三章黃黃桑梁明兄二章行我行其野章

一二三章兄相相斯干一章祥祥七章牀裳璋喤王八章方相相節南山八章方七章王九十章王

章霜傷將京京痒正月一章方揚八章行良常臧十月二章皇卿方四章皇牆戕五章

皇向藏王向六章臧臧小旻一章桑場五章相行小弁六章梁逞八章盟長巧言三章行簧五章

梁何人斯一章行梁二章行逞行逞五章將將將將谷風二章霜行行大東二章漿長光

襄五章襄章箱明長庚行六章揚漿七章王北山一章王王二章彭彭王傍傍方將方

剛方三章牀行四章將無將大車一二三章方小明三章將湯傷忘鼓鍾一章倉享楚茨一章蹌蹌羊

嘗享將祊明皇饗慶疆楚茨二章皇兄五章將慶六章享明皇疆信南山六章明羊

方臧慶甫田二章攘嘗長三章梁京倉箱梁慶疆四章泱泱瞻彼洛矣一二三章裳裳裳裳
者華一章裳裳黃章章慶二章裳裳黃三章桑桑扈一章鶬鴛鴦一章鴦梁二章兄頍弁
一章兄臧二章兄喪相三章仰景行行車舝五章抗張賓之初筵一章王魚藻一二三章兄角弓一章
兄兄相三章良相方亡四章黃章行望都人士一章魴魴采綠四章行黍苗三章桑隰桑
一二三章藏忘四章英英白華二章桑卬四章梁白華五章鶖梁良六章黃緜蠻一章黃行二三章
亨嘗瓠葉一章㞦漸漸之石一二三章滂三章黃傷苕之華一章牂羊三章黃行將方何草不黃一章行
四章王王文王一章王王王二章皇王王王三章王商商四章常將京將常王五章喪六章王
七章明明上王方大明一章商京王行王二章王方三章王陽王四章祥迎梁光五章王京
長行王商六章商七章洋洋煌煌彭彭揚涼王商明八章伉將將行緜七章王棫樸一章
王璋璋二章王三章章王四章章相王綱方五章王姜京思齊一章皇方皇矣一章攘明皇矣二章

王王兄慶光喪方章三王明明長王王章四京疆岡陽將方王章六王王長方兄章七方
方章八王王靈臺二章王王京下武一章王京王章二王王王文王有聲一二八章王章三王方王王章四
皇王皇王章五京皇王章六王京王王章七王王章八相黃方生民五章卬香生民八章
行羊方兄行葦一章黃黃章四將明既醉二章明章三皇皇王忘假樂二章疆綱方假樂三章
綱卿章四康疆倉糧囊光張揚方行公劉一章岡京京章三京蹌蹌章四長
岡相陽糧陽荒公劉五章行泂酌一二三章卷阿三章長康常章四卬卬璋望方綱章六
凰王章七八凰岡陽章九康方良明王民勞一章王章二方方板二章明王章八王商疆蕩二
章商疆攘章三王商明明卿章四王商明章五商螗羹喪行方章六王商
七八章競方抑二章荒王明抑三章皇尚亡章兵方章四相尚章七方喪章十二
桑倉兄桑柔一章喪王痒荒蒼桑柔七章相臧腸狂章八狂章十良十一十二章卬漢雲

七章仰仰八章王王崧高二章王王王三章王四章王王五章王王疆粻行六章王七章王王
王王方烝民三章王將明明四章彭彭鏘鏘王方七章梁王方韓奕一章張王王
章衡鍚二章王迎彭鏘光四章湯湯洸洸方王方王王江漢二章王方疆
王疆三章王四章揚王明明六章明明王鄉皇常武一章王行二章王方方方
三章王王四章王五章王方方方方方王六章祥亡瞻卬五章亡亡六章喪亡荒
召旻一章王王維天之命疆王皇競方王忘烈文王荒王康行天作王康昊天有成命
將享羊王方王饗我將王明王時邁競王競康皇康方明喤喤將
將穰穰執競疆常思文王皇將明明康臣工喤喤有瞽鱨享潛
相相皇皇昌雝王章陽央鶬光享載見皇競王王武皇皇王
忘閔予小子將皇明訪落將光明行敬之香光載芟良筐饟良耜

堂羊觥 絲衣 王王 酌 王方皇 桓 皇黃彭彭疆臧 駉一章 黃明明 有駜

一章 明 泮水四章 明明明 五章 皇皇揚 六章 王陽商商王王（商） 閟宮二章 莊（玉）享皇皇

皇享饗皇嘗衡剛將將羹房洋洋慶昌臧方常岡 三章 英昌黃昌

四章 荒章 黃 湯湯嘗湯將 那 疆羹黃疆衡鶬鶬享將康穰穰（饗）享疆嘗

湯將 烈祖 商芒芒湯方方（商）玉 玄鳥 商長祥芒芒方疆長方將商

長發一章 玉 二章 湯湯 三章 玉 六章 御衡商王 七章 競剛 四章 湯 殷武一章 鄉湯羌享

王商常 二章 嚴（莊）遑 四章

第十四 青庚耕清

縈成 樛木三章 丁丁城 兔罝一章 盈成 鵲巢三章 盈頃 卷耳一章 星征 小星一二章 寧寧 日月

一二 盈鳴盈鳴 匏有苦葉二章 霝星 定之方中三章 旌城 干旄三章 生生 兔爰一二三章 青青瑩 淇奧二章 生成 擊鼓四章 清

清清 清人一二三章 鳴星 女曰雞鳴一章 鳴鳴鳴 風雨一二三章 青寧 子衿一二章 城 三章 清 野有蔓草一章 清盈 清 二章

溱洧二章 鳴盈鳴聲 雞鳴 庭青瑩 著二章 菁菁睘睘姓 杕杜一章 又表 菁菁 杕杜二章 名清成正甥 猗嗟二章 清 三章 清庭 伐檀一二三章

盈 椒聊一二章 星星星 綢繆一二三章 生生 有杕之杜一二章 生生 葛生一二章 星 東門之楊一二章 零 東山一二三四章 鳴征

三章 征 破斧一二三章 鳴苹笙笙 鹿鳴一章 鳴 二三章 平寧生 常棣五章 丁丁嚶嚶嚶鳴聲聲生

聽平 伐木一章 寧寧 二章 城城 出車三章 征 杕杜一二三四章 菁菁 菁菁者莪一二三章 征 六月一章 成成征 二章

荊霆征荊 采芑四章 鳴旌驚盈 車攻七章 征聲成 八章 庭聲 庭燎一二章 定 宵月の本 亦表 二章 庭 三章 鳴聲 鶴鳴

一二章 庭楹正冥寧 斯干五章 平寧正 節南山九章 正寧 正月八章 成成 雨無正四章 盈庭 小旻三章

生寧醒成政姓 節南山六章

程經聽爭城小旻四章令鳴征生小宛四章螟蛉三章生生巧言二章成巷伯二章一生蓼莪一二章

鉼生三章生四章冥冥熲無將大車一二章經營北山三章清騂信南山五章鶯桑扈一二章營營

青青蠅一二三章騂騂角弓一章盈采綠一二章營征成黍苗四章平清成寧五章征漸漸之石一二三章

青青生苕之華二章星三章經營何草不黃一章征二三章生生禎寧文王三章聲刑七章成生

緜九章清騂旱麓四章屏平檉皇矣二章經靈經營靈臺一章靈靈二章成下武

二三章聲聲寧成文王有聲一章正成七章生生生生民一章生靈寧生二章平平聲

三章涇寧清馨成鳧鷖一章鳴生卷阿九章屏寧城城板七章成刑聽傾蕩章

政刑抑三章盈成十章牲寧聽雲漢一章寧丁二章霆三章正寧四五章寧六章正七章

星寍臝成正寧八章營城成成寧崧高四章生生烝民一章征城七章經營成平定

爭寧江漢二章驚霆驚常武三章平庭六章寧定瞻卬一章成城傾城瞻卬三章清成禎維清

成成昊天有成命成成執競庭聲鳴聽成有瞽庭敬閔予小子馨寧載

芟盈寧良耜駉駉坰駉駉一至四章聲平聲聲那清成平爭烈祖丁丁

玄鳥荊荊一章殷武荊成二章聲靈寧生五章極成六章

第十五　登蒸

雄雄雉一二章　薨繩螽斯二章　乘二子乘舟一二章　曾河廣二章　乘乘大叔于田一章　乘乘二章　乘乘掤弓

三章　薨薨懵雞鳴三章　蠅一章　升朋椒聊一二章　能能能鴇羽一二三章　興無衣二三章　膺弓縢興［音］小戎

三章　承權輿一二章　乘株林乘乘二章　朋常棣三章　朋戎四章　興陵增天保三章　恒升崩承六章　烝嘉魚

一二四章　弓彤弓一二三章　陵朋菁菁者莪三章　陵懲興沔水三章　興夢夢熊斯干六章　熊七章　蒸雄兢兢崩

肱升無羊三章　夢四章　蒸夢勝憎正月四章　陵懲夢雄五章　騰崩陵懲十月三章　馮兢兢冰小旻六章

兢兢冰小宛六章　恆小明四五章　曾曾甫田三四章　乘乘裳裳者華三章　乘鴛鴦三四章　蠅青蠅一二三章　弓繩采綠三章

陾薨登馮興勝緜六章　應應七章　陵陵皇矣六章　烝文王有聲一至八章　恆恆生民六章　登升八章　曾曾曾

曾興蕩二章　繩繩承抑六章　夢夢抑十一章　能能桑柔五章　兢兢雲漢三章　膺鞃韓奕二章　兢兢

召旻三章　乘有駜一二三章　烝烝泮水六章　崩騰朋陵閟宮四章　乘縢弓［綅］烝增增膺懲承

五章　滕○乘○承○玄鳥

第十六侯虞

侯兔罝一二三章　蔞駒漢廣三章　侯采蘩一二章　侯何彼襛矣二三章　騶騶虞一二章　姝隅躕靜女一章　姝干旄

一二三章　驅侯驅載馳一章　侯侯侯碩人一章　殳驅伯兮一章　投木瓜一二三章　踰將仲子一二三章　濡侯

渝羔裘一章　驅還三三章　姝東方之日一二章　驅朱載驅一章　殊汾沮洳一二三章　樞榆婁驅愉山有樞一章　朱

束揚之水一二章　芻隅綢繆二章　株株株林一章　株駒株二章　濡候人二三章　駒濡驅諏皇華二章　驅

三四五章　劬鴻鴈一二章　劬愚三章　駒白駒一二章　駒侯三章　駒芻四章　餱具無羊二章　侯侯正月四章

輸九章　輸踰十章　投投投巷伯六章　隅趨緜蠻二章　侯文王二四章　侯四章　侯五章　鍭行葦四章　句鍭

鍭行葦五章　鳧鳧鷖一至五章　渝驅板八章　僂侯蕩三章　隅愚愚抑一章　侯韓奕一章　侯侯鉤二章

侯の五章

侯侯三章　侯侯侯四章　侯侯侯侯侯侯載芟　侯泮水一二三章　朱朱閟宮四章　侯五六七章

江有九有韻 又刻本

第十七覃侵東凡

參關雎二章 參琴參三章 南樛木一二三章 覃葛覃一章 覃二章 林心兔罝三章 心心草蟲一章 南心

心草蟲二三章 南殷其靁一二三章 三今摽有梅二章 三小星一章 參衾二章 心柏舟二章 心心三章 心心心

綠衣一章 心二章 風心四章 音南心燕燕三章 任心四章 風心終風一章 風二三章 風之章 陰四章 風

南心心凱風一章 風南二章 音心四章 深深匏有苦葉一章 風陰心音谷風一章 心二章 芃芃

音心 林韻一章

甚載馳五章 耽耽耽氓三章 三三四章 三五章 心心伯兮四章 心心黍離二三章 三亘旦采葛

驂大叔于田一二三章 風蘀兮一二章 風風雨一二三章 衿心音子衿一章 心心園有桃一二章 三亘旦伐檀一二三章

今蟋蟀一二三章 三今綢繆一二三章 心心有杕之杜一二章 今令車鄰二三章 南南終南一二章 臨黃鳥一二三章 風

林心欽欽晨風一章 心二三章 心防有鵲巢一二章 心月出一二三章 林南林南株林一章 心羔裘一二三章 心素冠

一二三章 心匪風一二章 鬵音三章 芃芃陰下泉四章 陰今鳲鳩二章 芩琴琴湛心鹿鳴三章 駸

駸諗四牡五章　凡今常棣一章　琴湛常棣七章　南南出車三章　心二章　心心南五章　南六章　南南有

嘉魚一章　南南山有臺一二五章　南音三四章　心彤弓一二三章　沈心菁菁者莪四章　今白駒二章　金音心四章

男斯干七章　男八章　南節南山一二章　心心心正月一章　心十二章　心十三章　林今四章　心今八章　心心十一章　凡凡

雨無正三四章　心小弁一章　心心二章　心四五章　心心六章　臨深小旻六章　心臨小宛六章　風風谷風一二章　風三章

南風蓼莪五章　南南六章　心大東七章　心小明一二三章　欽欽琴音南僭鼓鍾四章　心一二章　南南信

山一章　罩南大田一章　心頍弁二章　音車舝一章　林二章　心四章　琴心五章　壬林湛湛賓之初筵二章

芃芃陰南黍苗一章　任二章　音隰桑三章　心心四章　湛心白華四章　林心六章　任任大明二章　忱一章

心三章　林興七章　心　芃芃棫樸一章　任音男思齊一章　心音皇矣四章　林林生民三章　歆今八章

風南音卷阿一章　湛湛抑三章　僭心抑九章　心今桑柔三章　心四章　風心桑柔六章　林譖九章

風十二章　南南崧高二章　南三章　南南五章　南六章　風心烝民八章　南南常武一章　心心瞻卬六章

深心今 七章 芟南函今今 載芟 南函 良耜 心南 泮水六章 林黮音琛南

金 八章

第十八 談監咸銜嚴

甘 甘棠一二三章 瞻 燕燕一二三章 瞻 湛（淇）奧一三三章 瞻 陟岵一二三章 瞻 伐檀一二三章 瞻 匪風一二章 斂 葛生一二章 鹹鹹 黃鳥三章

巖巖瞻惔談斬監 節南山一章 瞻 正月三四章 甘餤 巧言三章 瞻 瞻彼洛矣一二三章 潛 鶴鳴二章 涵

讒 巧言二章 瞻 瞻彼洛矣一二三章 讒 青蠅一二三章 藍襜詹 采綠二章 漸漸 漸漸之石一二章 炎炎瞻雲漢

四章 巖巖詹 閟宮 章 監嚴 殷武四章 惔 雲漢五章 瞻 七章 瞻 瞻 八章

第十九添

占斯干七六章占章殲黄鳥一二三章

第二十董腫

孔駟驖一章奉孔二章孔破斧一二三章孔孔十月一章勇尰勇巧言六章孔楚茨二三四章孔孔六章

幪唪生民四章孔孔閟宮九章勇動竦總長發五章奉奉棫樸二章

第二十一　薺紙

（是、足、葛屨二章）
只、樛木一二三章　只、北風一二三章　只只柏舟一二章　只以二章　氏、只燕燕四章　氏、凱風一二三章　只、只、君子陽陽一二章

是是園有桃一二章　是是葛屨二章　是是山有樞一二章　氏渭陽一二章　是、鳲鳩三章　是、是、四章　是、破斧一二三章

是鹿鳴一章　是是二章　俾、俾、天保一章　俾二章　只只南山有臺一至五章　是、是、節南山三章　是是是是一（是是小旻三章）

是、小旻四章　氏、氏、何人斯七章　是、巷伯一二章　是、小明四五章　是、是、信南山四章　是、是、是、六章　是、裳裳者華一二三章

頍、頍弁一二三章　只、只、采菽三章　只、只、是四章　只、只、是五章　是、是、是、是、是、是、是、皇矣八章　是、是、

是、是、生民六章　俾、卷阿二三四章　是、是、是、是、蕩二章　俾、俾、抑八章　是、是、桑柔一章　十　是、是、（是七章）

（是、是、俾、閟宮一章）

是、烝民二章　是、是、三章　俾閟宮七章　是、是、俾、俾、俾三章　是、是、俾、俾、俾、俾四章　是、是、

是、是、是、八章　是、是、長發二章　是、四五章　是、是、是、殷武六章

第二十二賄旨尾薺駭

死野有死麕一二章　藟履樛木一章　藟履二章　藟履三章　爾螽斯一二三章　尾燬燬邇汝墳三章　雉

雄雉一二章　匪柏舟二章　匪匪柏舟三章　匪五章　凱凱風一二章　瀰濟鷕雉濟雉匏有苦葉二章　濟五　軌

體爾死谷風一章　邇薺爾弟二章　爾三章　旨爾六章　美美簡兮四章　水泉水一章　泲禰弟姊

二章　煒美靜女二章　美美美三章　泚水瀰瀰鮮新臺一章　水二章　死矢柏舟一章　死矢二章　玼

玼君子偕老二章　美桑中一二三章　指弟蝃蝀一章　死二章　死章　體禮禮死相鼠三章　視爾載馳二三章　斐

斐淇奧一二章　斐斐二章　斐三章　矢考槃一二三章　爾爾體爾氓二章　爾水四章　豈爾竹竿一章　水弟

二章　水三四章　水四章　匪木瓜一二三章　此黍離一二三章　此兔爰一二三章　水揚之水一二三章　仳中谷有蓷一二三章　雉兔爰一二三章

藟弟葛藟一二三章　豈爾大車一章　豈爾二章　死三章　豈豈豈將仲子一二三章　豈美叔于田一二三章　火太叔于田一二三章
美美有女同車一章　美二章　豈豈褰裳一二章　邇東門之墠一章　豈爾二章　水弟揚之水一二章　匪匪出其東門一二章
美邇野有蔓草一二章　匪雞鳴一二章　履履東方之日一二章　匪匪南山四章　美盧令二三章　唯唯水敝笱三章
濟濟濔濔豈弟載驅二章　水三四章　水四章　美美汾沮洳一二三章　弟偕死陟岵三章　水爾檀伐檀
一二三章　死山有樞一二三章　水揚之水一二三章　比比綢繆一二三章　豈弟杕杜一二章　美此葛生一二三章　水水蒹葭一二三章
比比比黃鳥一二三章　豈無衣一二三章　豈豈衡門二三章　美東門之池一二三章　旨美防有鵲巢一二章　美澤陂一二三章
豈爾羔裘一二三章　匪匪匪風一二章　火七月一二章　火葦三章　爾爾七章　匪匪伐柯一章　尾几狼跋一章
尾二章　旨鹿鳴二三章　豈四牡一五章　豈啟二章　棣韡弟常棣一章　死弟弟二章　弟一二四五六章
七章　爾爾八章　爾爾爾天保一二章　爾爾爾二章　爾三四章　爾爾五章　爾六章　偕近邇杕杜四章
旨魚麗一二三章　鱧旨二章　旨三章　旨偕五章　泥泥豈弟弟豈蓼蕭三章　豈弟湛露四章　矢

兕醴吉日四章　水隼弟沔水一章　水隼二章　爾爾爾爾白駒三章　爾四章　此黃鳥一二三章　爾爾我行其野
虺虺斯干七章　爾爾爾爾無羊一章　此此節南山五章　爾爾八章　爾爾正月九章　爾爾爾爾
羆羆雨無正一章　爾爾爾七章　訿訿小旻二章　匪匪邇邇小旻四章　匪三章　匪匪小弁三章　漼葦
四章　匪匪八章　罪罪巧言一章　爾爾六章　爾爾爾爾何人斯五章　爾爾三章　爾爾巷伯四章　匪二章　蓼莪一　匕
砥矢履視涕大東一章　匪匪匪四月七章　涕豈此小明一章　豈此二三章　爾爾四章　爾爾爾
爾五章　水鼓鍾二章　致楚茨五章　四穉火大田二章　水瞻彼洛矣一二三章　兕旨匪桑扈四章　爾旨爾豈
匪弟頍弁一章　爾旨爾豈弟二章　爾旨爾豈弟死三章　匪匪車舝一章　爾五章　二四
旨三章　爾爾賓之初筵一章　禮禮爾爾爾二章　豈魚藻一章　尾豈二章　爾爾角弓二章　弟一章
弟弟三章　匪匪都人士五章　豈緜蠻二三章　匪何草不黃二章　匪兕匪三章　亹亹文王二章　爾文王五章
爾六章　濟濟棫樸二章　濟濟豈弟豈弟旱麓一章　豈弟二三五六章　妻弟思齊二章　翳栵

皇矣二章 此、皇矣三章 此、此、比、皇矣四章 爾、爾、爾、爾七章 葦、履、體、泥、泥、弟、爾、行葦一章 几、几、
二章 爾、既醉二章 爾、爾、鳧鷖一至三章 匪、匪、啟 公劉一章 濟、濟、几 四章 豈、弟、泂酌一二三章 豈、弟、卷阿一章 爾、
爾、豈、弟、爾、彌、爾、二章 爾、豈、弟、爾、彌、爾、爾三章 爾、爾、豈、弟、爾、彌、爾、爾四章
豈、弟、五六章 比 詭 民勞一至五章 爾、爾、板三章 爾、爾八章 爾、爾、爾、爾 抑五章 爾、爾七章 匪、匪、抑十章
爾、爾、桑柔五章 匪、爾、十六章 疊、疊、崧高二章 匪、匪、匪、匪、江漢一章 匪、匪、三章 稽、江漢五六章 罷、罷、瞻卬
二章 匪、匪、匪、三章 訛、訛、召旻三章 匪、爾、爾 思文 爾、爾 臣工 爾、爾、爾 噫嘻 秭、醴、妣、
禮、皆、豐年 濟、濟、秭、醴、妣、禮、匪、匪、載芟 兕、旨、絲衣 水、泮水一二三章 濟、濟、爾、爾、
爾、爾、閟宮五章 履、視、長發二章

第二十三海止有

在子關雎一章　采友「關雎」三章　否母葛覃三章　以卷耳三章　矣矣矣矣卷耳四章　采采耳一章

有子樛木一二三章　子螽斯一二三章　子桃夭一二三章　采采苢采采苢芣苢一二三章　采有一章　有有矣

漢廣一章

矣漢廣一二三章　子汝墳一二章　母三章　趾子麟趾一章　有子鵲巢一二三章　以采沚以事采蘩一章　以采

以二章　在三章　子止止草蟲一章　采子止止二三章　以采以采采蘋一章　以以二章　以三章

以以行露二三章　有士迨摽有梅一二三章　在子殷其靁一二三章　在在小星一章　有有士野有死麕一章

有有有二章　有汜子以以悔江有汜一章　有子二三章　有子三章　矣何彼襛矣一章　矣李子

二章　子三章　有以以柏舟一章　以有以二章　裏矣已綠衣一章　矣二章　乃有日月一二三章　母有

四章 子以有 擊鼓二章 以三章 子子子四章 母 凱風一二章 有在有子母三章 有子母四章 矣

雄雉一章 矣子二章 子四章 始士詒三章 子否否友四章 有有 匏有苦葉一章 有有二章 以以有

采采以 谷風一章 以沚以三章 有有四章 有以以有有六章 有久有以旄丘二章 子耳旄丘四章

子有母 泉水二章 己 北門一章 事事己 北門二章 事事己三章 有 新臺一二章 子子 二子乘舟一章 子子有二章

在母 柏舟一二章 在母二章 有有有 牆有茨一二三章 采矣矣矣矣 桑中一二三章 采矣采采矣二章 采矣

矣矣矣三章 以以 鶉之奔奔一二章 在子有母 蝃蝀一章 子有母二章 母母 蝃蝀一二章 有 相鼠一三章 有

齒止止俟 相鼠二章 有三章 在子以 干旄一二三章 在子以二章 在子以三章 子有 載馳五章 有子有子

淇奧一章 有子耳有子二章 有子三章 在 考槃一二三章 有以 碩人三章 鮪士有四章 子子子以 氓一章

以以以二章 婦矣有矣矣矣五章 士士四章 使有有己六章 以 竹竿一四章 在在右子有母

二章 在右三章 以四章 子手 芄蘭一二章 有在矣子 有狐一二三章 以以以 木瓜一二章 以以以二章 以李

以玖以 三章　子子矣 君子于役一章　子子矣 二章　子 揚之水一二三章　有矣有矣矣矣 中谷有蓷一章　有矣

有矣矣矣 二三章　有矣有矣矣矣 三章　有 兔爰一二三章　在 葛藟一章　在涘母有 二章　在 三章

采采采 采葛一二三章　子子 大車一二章　有 三章　有子子 丘中有麻一二章　有子子 二章　有李子子玖

三章　改子子 緇衣一二三章　子里杞母母 將仲子一章　子 二三章　子 二三章　在在在 大叔于田一二三章　在在

清人一二三章　子子子 羔裘一二三章　子子 遵大路一二章　士子有 女曰雞鳴一章　子子在 二章　子以子以子以

三章　有有 有女同車一二章　有有子乃 山有扶蘇一二章　有有子乃 二章　子使子使 狡童二章　子

子 褰裳一章　子洧子士 二章　子俟 丰一二章　有子 東門之墠二章　子 風雨一二章　子 章　晦已子喜 三章　子子

子衿一二章　子子 二章　在 三章　有有 出其東門一二章　有有 野有蔓草一二章　洧士士洧士以 溱洧一章　洧矣士

矣士洧士以 二章　矣矣 雞鳴一二章　矣矣 二章　子子 三章　子子子 還一二三章　俟耳以以 著一二三章

子在在 東方之日一二章　子在在 二章　有子止止 南山一章　止有子止止止 二章　畝母止止 三章　止

止四章在子止敝笱一二三章有子載驅一二三四章以以葛屨一章以二章采子汾沮洳一二三章有矣士子園有

桃一章有矣以士子笑二章子已止陟岵一章屺母母二章畝子十畝之間一二章有子伐檀一二三章在已士

蟋蟀一二三章有有子有子有矣山有樞一章有有子有子有矣二章有有子有以喜以三章

子母揚之水一二章在子子綢繆一二三章有有杕杜一二章子子羔裘一二章事母有鴇羽一二三章子母

無衣一二章有子有杕之杜一二章采采采苓一二三章有有子寺車鄰一章有有子二三章在子駟驖一章

子在小戎一章在以子在二章有子三章在在蒹葭一二章采已在涘右在沚三章有有

子止終南一章有有紀有子止二章止子黃鳥一二三章子晨風一二三章子子無衣二三章每權輿一二章每每二章

子子東門之枌一章以以衡門一章鯉子衡門三章以東門之池一二三章以東門之楊一二章有以已矣墓門一章有有

止以二章有有防有鵲巢一二章有有澤陂一二三章以羔裘一章在二章有三章子素冠二三章有子隰有萇楚一二三章在子在子二章三の章

矣蜉蝣一三章采采矣二章子候人一章在子二三章在子子鳲鳩一章耜趾子畝喜七月一章有采殆

子二章　在在婦子五章　子子一章鴟鴞　士在在一章東山　在在二章　婦有在三章　又二三章破斧一　子

有伐柯二章　以有以使九罭四章
有鹿鳴一章　有子有以二章　有有以三章　止杞事母四牡四章　事一二三章

母五章　矣矣常棣二章　在每有三章　每有四章　有友五章　友矣友矣友伐木一章　有有以

有以有二章　有有以有追矣矣三章　采采止止采薇二章　采采止止事三章　矣來思六章

矣子矣矣事矣出車一章　矣矣母矣二章　矣事四章　子子五章　有有事止止上杕杜一章　有

事止止止二章　采杞事母三章　止止止四章　子有魚麗一二章　鯉子有有三章　矣矣四五章　有矣

矣六章　有子有以南有嘉魚一二章　有子有三章　子有四章　有有子子南山有臺一二四五章　有杞有李

子母子已三章　子以有蓼蕭一章　子二三四章　在在湛露二章　在杞子三章　子四章　有彤弓一二三章　在

子有菁菁者莪一章　在子三章　子四章　在沚子喜二章　里以子六月二章　以一章　有以有有以三章　喜

祉久友鯉在矣友六章　采芑畝止止采芑一章　采芑畝止止二章　止止止三章　止有四章車攻二章

子三章有四章子有矣子八章有俟友右以子吉日三章以以四章子鴻鴈一二章子止庭燎一二三章有三章

海止友母沔水一章起矣二章友矣三章在在有以鶴鳴一二章止祈父一章士止二章有母三章以

白駒一二章采我行其野二章采以以三章矣矣矣矣矣斯干一章乃乃乃乃六章子子七章子九章耳

無羊一章負二章以以以以以三章乃矣矣矣矣四章仕子已殆仕節南山四章以以節南山十章以

有正月二章殆有有四章有有六章矣矣姒八章有有十二章有有有十三章士宰子史十月四章

有事有以六章事七章里痗八章仕殆使子使友雨無正六章止否小旻五章有采有子負

誨子似小宛三章梓止母裏在小弁三章矣一二章有矣四章矣五章有子矣六章子子矣矣

有矣七章子耳八章始子子祉已巧言二章子子止三章以何人斯七章以八章有有有巷伯

六章畝寺子子七章母蓼莪一章母二章矣恥久矣母恃三章有有大東一章以子來使

疚二章以以以有有五章以有有有六章有以有以有有七章紀以仕有四月六章

有有杞子以八章　采杞士子事事母北山一章　事事二三章　事三章　事在已四章　事事五六章　矣

小明一章　矣事矣二章　矣事采矣三章　子以四章　子五章　子鼓鍾一章　有子三章　以以以四章

以以以杞以侑以楚茨一章　以杞事有以二章　婦以三章　止起宰婦五章　理畝信南

山一以二三章　有有四章　以以以五章　杞事以六章　畝耔薿薿甫田一章　以以以以

以以士二章　止以婦子畝喜右否畝有敏三章　以四章　戒備事以耜載畝大田

一章　止以婦子畝喜杞以以以杞以四章　矣子止瞻彼洛矣一二三章　有一二以一章　子以

有裳裳者華一章　矣子有矣有矣以有矣二章　子三章　子右右子有有以似四章　有

子桑扈一二章　子鴛鴦一章　在子二三四章　有子子頍弁一章　有子子有二章　有在子三章　友喜

車舝一章　止止以五章　止子青蠅一章　止二三章　右有有以賓之初筵一章　否史恥怠五章　在在

有在在魚藻一二章　在在在在有三章　采采子采菽一章　采采子子二章　在在子子子三章

子子子右四章 子子子矣五章 矣矣一章角弓 矣矣矣矣二章 有菀柳一章 有以三章 士

改有都人士一章 士子二四章 士耳子三章 士子四章 有有矣五章 采采綠一章 子子三章 有有子

隰桑一二三章 矣矣四章 子白華一二四章 有在有在六章 在子七章 有子八章 止緜蠻一二三章 采子有

瓠葉一章 有子有二三四章 矣矣矣漸漸之石一二三章 矣矣矣苕之華一章 在以以三章 在在右

文王一章 已子子士二章 止有子子四章 士士以三章 士敏五章 在在使大明一章 在有在

在涘止有子四章 始止緜三章 迺迺止迺迺右迺迺理迺畝事四章 迺迺以五章

迺有迺迺七章 矣矣矣八章 有有有有九章 子旱麓一二三章 以以祀以四章 矣子矣

五章 母婦以思齊一章 有子有士五章 友友有皇矣三章 悔祉子四章 以以以以七章 以

以八章 始始子靈臺一章 在在二章 有有文王有聲一章 有二章 有芑仕以子八章 祀以子敏

止生民一章 以杞子二章 乃矣矣三章 秠芑秠畝芑負以祀六章 祀七章 始時祀悔

以八章醢以二章行葦以以三章行葦以以以以以以四章以以子一章既醉以子二章時子

有子子五章子六章子有七章士士以子八章友以四章在鳧鷖一至四章在止有五章紀

友士子假樂四章迺迺迺迺迺一章公劉迺迺在在以二章迺迺三章止理有止六章以饎子

母泂酌一章子以卷阿一章矣矣子似矣二章矣子矣三章矣矣子矣四章有有有有

以以子五章止士子使子七章子八章矣矣九章子子以十章止以以以一章民勞矣矣矣

矣板二章有有蕩一章在在二章以三章以以四章以止晦五章時舊（舊當作久）有以七章有有

在八章矣矣友子子抑六章友子有在七章止以以李子八章子否事耳子十章

子止謀悔十二章里喜忌桑柔十章有有以十二章有十三章友紀疚宰右止里雲漢七章

有子止以八章事式崧高二章有有有子烝民一章否以以事四章子止里韓奕四章有有

有有五章以以六章理海江漢三章子似敏祉四章子五章子子已六章士以常武一章右事

二章有子三章有有有瞻卬一章有有有有二章婦婦婦有婦誨婦寺三章始子

婦四章矣矣矣矣六章矣矣矣七章矣矣矣召旻六章里里有舊當作久七章在在清廟

祉子烈文矣矣子天作右右我將子右有有在時邁有止有瞽

有有鮪鯉以以祀以福潛有止子祀子以祉右右母雝有有以以以

載見有有有有有以右有有客子在疚止子止閔予小子止有子矣

以訪落在士子止有敬之以有婦有士有耜畝有有以有有有載芟

耜畝以止止止婦子止以以良耜晦矣有酌有士以以桓在有有

有有以駉一至四章有有在在有駜一二章有有在在以始有子有子三章采止泮水

一二三章在三章有四章在在五章士在六章有有有有有有閟宮一章子祀耳耳祀

三章有海五章喜海母士有祉齒七章有有有在有有邪有有殆在子

子里止海海玄鳥有子長發一章有二章有有有有六章在有子士右七章有有

殷武六章

筥、筥 采蘋三章

第二十四姥語麌

女關雎一二三章 羽螽斯一二三章 馬卷耳二三四章 楚馬漢廣二章 汝、汝汝墳二章 居、御、鵲巢一章 所甘棠一二三章

武、兔罝一二三章 下女采蘋三章 女、行露二章 女、女、三章 五、羔羊三章 祈處殷其靁三章 五、小星一章 與、與、二章 渚

與與處江有汜二章 野。女、野有死麕一二章 者、五、騶虞一二章 女。所、古、綠衣三章 古、四章 羽野雨燕燕一章

佇。二章 下、土古處顧日月一章 下。土、二章 且、終風一二三章 鼓、土。擊鼓一章 處馬下擊鼓三章 下苦

凱風二三章 雨怒谷風一章 處、與、旄丘二章 所、與、三章 舞處簡兮一章 俁舞虎組二章 赭三章 女。

父、泉水二章 雨。北風一二章 女、靜女一二三章 楚楚定之方中一章 虛楚、與、楚、與、二章 女。父、蝃蝀一二章 女。父二章

鼠、相鼠一二三章 組、馬、五、者、予、干旄二章 馬、者、三章 女。父、竹竿二章 瑕者三章 雨、雨伯兮三章 者者

黍離一二三章 下、下君子于役一二章 與、揚之水一章 楚、與、甫二章 蒲、與、許三章 女、女女中谷有蓷一二三章

滸父父顧葛藟一章 父、父。將仲子一章 野馬馬且、武叔于田三章 且一三章 且二章 馬組舞

舉虎所女 大叔于田一章 馬 三章 女、與 女曰雞鳴一章 與與 二章 女、女 有女同車一二章 女女 蘀兮一二章

與、與 丰三 四章 雨、雨 風雨一二三章 楚、與女女 揚之水一章 女、出其東門一章 女、與、二 野、野 野有

蔓草（一）口章 野、與 二章 與、與、女女 且且 與、女 溱洧一章 與、與、女女 且且 與女 二章 與、且 予 雞鳴三章 者者

東方之日一二章 魯、魯 南山一二章 甫、甫 甫田一二章 且、且且 盧令一二三章 鱮 雨 敝笱二章 魯 載驅一二三四章 且

岵、父、父、陟岵一二章 者、與、十畝之間一二章 且、且、且、伐檀一二三章 鼠、鼠、黍女顧去女土土、土所 碩鼠一章

鼠、鼠女女 二三章 鼠 鼠女女 三章 馬 山有樞一章 鼓、鼓 二章 鼓、且且 三章 楚戶者者 綢繆三章

杜、湑、湑 踽、踽 父 杕杜一章 羽栩盬黍父怙所 鴇羽一章 盬、黍父 二章 盬 三章 杜 有杕

之杜一二章 楚野與、處 葛生一章 與、二三章 與 三章 夏 夏 四章 夏 夏 五章 舍舍、采苓一二三章 苦、苦下與舍

舍 二章 舍舍 三章 馬、車鄰一章 鼓、者、者、二三章 所、阻、且、蒹葭一二三章 楚虎虎禦者 黃鳥

三章 者、一二章 與與 無衣一二三章 鼓下夏羽 宛丘二章 夏 三章 栩下 東門之枌一章 紵與語 東門之池

二章 與、一三章 夏夏、株林一章 馬野 二章 與、澤陂一章 與且 二章 且、三章 與、素冠三章 楚、隰有萇楚

一二三章 羽楚、楚處 蜉蝣一章 下、下泉一二三章 黍雨、四章 女。女。七月二章 五。股羽野宇戶下鼠

戶處 五章 雨土戶女、下、予 鴟鴞二章 所、所、三章 羽、雨、所、四章 雨、者、野下 東山一章 雨

宇戶 二章 羽馬 四章 渚所女、處 九罭二章 女、三章 女 九罭三章 野、鼓。鼓 鹿鳴一章 野、二章 野、

雨、三羽、

鼓。鼓。鼓、且、三章 盬 四牡一章 馬盬處 二章 者下栩盬父 三章 者、盬 四章 者、皇華一章

且、常棣五六七章

馬、二三四五章 許許藇羜父顧 伐木二章 湑、酤、鼓、舞、暇、湑、三章 盬處 采薇三章 黍。雨。

杜盬 出車四章 杕杜一二章 盬父、三章 且、魚麗一二三章 湑、寫、語、處 蓼蕭一章 鼓、彤弓一二三章 者、且、菁菁

者 菁莪一章 二三章 武、武、六月三章 武、甫 五章 甫 六章 鼓旅鼓、旅、采芑三章 午馬所、麌、所 吉日

麌

羽野寡 鴻鴈一章 野渚下、鶴鳴一章 渚下、二章 父、所、祈父一章 父 三章 所。白駒二章 與

栩黍與、處父 黃鳥二章 三章 野故△ 我行其野一二章 野 三章 祖堵戶處語 斯干二章 雨、鼠、

三章雨輔予正月九章輔十章父馬處十月四章父五章下土沮小旻一章扈寡小宛五章與父

小弁三章怒沮巧言二章者何人斯五章六章者六章者巷伯一章者與二章者與虎虎六章雨懼

予與女女予谷風一章懼予予二章者父蓼莪一章父怙三章父顧四章所所顧

大東一章夏暑祖予四月一章盬父北山一章溥下土土二章下土野暑苦雨罟小明一章

處與女四章鼓且鼓鐘一二三章鼓鼓鼓雅四章楚楚者黍黍楚茨一章祖祜信南山四章與

社鼓祖雨黍女甫田二章怒三章者湑寫寫處裳裳者華一章者二三章扈羽祜桑扈

一章扈二章馬四章鴛鴦三者與女頍弁一二章者雨三章女且車舝二章與女且舞三章（女且二章）

湑寫四章楚旅舉鼓賓之初筵一章舞鼓祖嘏二章舞三章舞舞四章語羖五章筥予

予馬予黼采菽一章股下紓予三章馬顧角弓五章雨七八章者菀柳二章女都人士二三四章

鱮鱮者采綠四章黍雨黍苗一章御旅處三章武漸漸之石一二三章虎野暇何草不黃三章黼冔

祖文王五章祖六章旅野女大明七章野父八章土古父緜一章古父馬滸下女宇二章堵
鼓六章土七章所所旱麓五章怒旅祐下皇矣五章虡鼓鼓靈臺三章鼓鼓四章下武
下武一章下土二章許祖武祜五章祜六章武武文王有聲七章序序行葦五章渚處湑脯
下鳧鷖三章野處旅語公劉三章羽卷阿七八章且且十章怒豫板八章女蕩二八章土宇怒
所處圉桑柔四章步三章舉雲漢一章下土二章沮所顧助父祖予四章暑五章
甫甫崧高一章土三章馬土土五章土六章下甫烝民一章甫古二章茹吐茹吐寡禦
五章甫三章甫甫且四章舉甫舉助甫補六章甫七章甫甫甫八章祖父馬韓奕
三章父武土訏訏鱮甫甫噳噳虎居譽五章滸所祖六章武江漢一二章滸虎
土三章虎武四章秬土祖虎五章虎六章祖父常武一章父旅浦土處緒二章武
怒虎虎虜浦所四章旅五章女女女女瞻卬二章
序序時邁黍稌祖豐年

瞽、瞽虡羽鼓圉舉有瞽　祜嘏載見馬且旅馬有客　武、武、武祖序

祖閔予小子　女筥黍良耜　馬野者駉一二三四章　下鼓。舞有駜一章　魚泮水一二三章

馬、馬、怒二章　魯、武祖祜四章　魯、虎、五章　黍。下、黍秬下、土禹、緒閟宮一章　武緒

野虡女旅父二章　魯、宇輔魯祖、祖女舞、魯。三章　嘏魯許宇八章　鼓鼓祖

鼓、鼓、舞、古、那祖祜所酤溥、烈祖古。武、武、武。武、玄鳥　禹。下土、長發一章

下、四五章　武楚阻旅所緒殷武一章

第二十五 很混準吻隱

殷殷殷 殷其靁一二三章 洒浼殄 新臺二章 沔沔 沔水一二章 尹 節南山一二五章 [尹三章] 盡引 楚茨六章 殄

殞 緜八章 疾殄 思齊四章 壼胤 既醉六章 胤 七章 謹 民勞一至五章 震戁 長發五章

第二十六 旱緩潸產阮銑獮

輾轉反 關雎二章 翦 甘棠一二三章 簡簡 簡兮一章 餞遠 泉水一二章 餞 三章 澣澣 葛覃三章 轉卷

選 柏舟三章 澣 五章 遠 燕燕一二三章 睍睆 凱風四章 黽勉 谷風一四章 黽勉 四章 孌管管 靜女二章

反遠 載馳二章 僴咺諼 淇奧一二章 僴咺諼 二章 反反 氓六章 遠遠 河廣一二章 遠 葛藟一二三章

墠阪遠 東門之墠一章 踐 二章 鮮鮮 揚之水一二章 遠遠 甫田二章 婉孌 三章 孌婉選貫反亂

猗嗟三章 宛 山有樞一二三章 衍遠 椒聊一二三章 宛 蒹葭一二三章 宛 宛丘一二三章 輾轉 澤陂三章 婉孌 候人三章

遠踐 伐柯二章 鱒衮 九罭一章 衮 四章 阪衍踐遠愆 伐木三章 嘽痯遠 杕杜三章 顯允

湛露三章 顯允 采芑四章 嘽 狁 三章 轉 祈父一二章 亶轉 三章 遠 漸漸之石一二章 顯 文王一三章

顯 二章 顯 三章 勉勉 棫樸五章 繾綣反諫 民勞五章 板板癉遠管管亶遠諫 板一章

旱 雲漢二至七章 旱旱甗勉 大章 顯餞 韓奕三章 反反 瞻卬二章 顯顯 清廟 顯莞簡簡

反反 執競 顯顯 敬之 簡簡管 那 允允 泮水四章

第二十七篠皓巧小有黝

窈窕 關雎一 二三章 草阜 草蟲 一章 手老 擊鼓 四章 軌牡 匏有苦葉二章 手手 簡兮 三章 手 北風一二 三章 埽

道道 醜 牆有茨 一章 考 考槃一 二三章 老老 氓 六章 授 緇衣一 二三章 狩酒酒好 叔于田 二章 鴇首手

阜 大叔于田 二三章 手醜好 遵大路 二章 酒老好 女曰雞鳴二章 茂道牡好 還二章 道 南山一二章

莠驕 甫田一 二章 道 載驅一二 三四章 糾糾 葛屨一 二章 好 一二章 狩 伐檀一 二三章 栲杻埽考保

山有樞 二章 鴇鴇 鴇羽一 二三章 首首首 采苓一 二三章 阜手狩 駟驖 一章 牡牡 二章 牡阜手 小戎 二章 道

蒹葭一 二三章 壽考 終南 二章 鳥鳥鳥 黃鳥一 二三章 缶道翿 宛丘 三章 窈糾 月出 一章 懰慅受慅

二章 舅 渭陽一 二章 簋飽 權輿 二章 道 匪風一 二章 棗稻酒壽 七月 六章 蚤韭 八章 酒 鹿鳴二 三章 牡

四牡一 二章 酒埽簋牡舅咎 伐木 二章 酒酒酒 三章 保 天保一 二三章 緱阜 三章 壽茂 六章 牡

采薇 四章 牡牡牡 采薇 五章 柳道 草阜 出車 五章 罶酒 魚麗一 二三章 酒 嘉魚一 二三章 壽 南山有臺 一二章

壽三

栲杻壽茂四章壽蓼蕭二五章草考湛露二章受彤弓一二三章老醜采芑四章牡車攻一章好

牡阜草狩二章牡牡四章戊檮好阜阜醜吉日一章九鶴鳴一二章鳥鳥黃鳥一二三章

牡牡節南山七章好莠正月二章卯醜十月一章猶集當作就咎道小旻三章猶猶道四章道

茂草檮老首小弁二章好好草草巷伯五章受巷伯四章受昊六章道七章簋道大東

一章糾糾二章牡老北山三章酒咎北山六章壽楚茨二三章飽首壽考六章酒壽考信南

山三章壽考受四章酒牡考五章阜好莠大田二章酒蔦頍弁一二章首酒阜舅三章

好車舝一章好二章酒三章牡五章酒酒賓之初筵一章首酒魚藻一章酒二章柳菀柳一二章鳥緜蠻

一二三章道一章酒緜蠻一章首酒二三四章首罶飽苕之華三章草何草不黃一二章草道三章槱

趣棫樸一章酒牡旱麓三章廟保思齊三章造五章道草茂苞生民五章鳥鳥生民三章授

授行葦二章壽考六章酒飽既醉一章酒二章酒鳧鷖一五章牖牖板六章昊昊八章寶好

桑柔六章 昊 雲漢三五六七章 寶舅保 崧高五章 考保 烝民三章 牡牡 七章 牡 八章 道受考 韓奕

一章 卣受首 江漢五章 首壽考 六章

牡考壽考 雝 考壽保 載見 考考 訪落

肇鳥蓼 小毖 糾趙當作蓼 掤 蓼蓼朽茂 良耜 酒考 絲衣 牡 駉一至四章 牡酒

有駜二章 茆酒酒老道醜 泮水三章 壽壽壽 閟宮四章 壽 壽壽 五 保 壽受 七章 壽考保 五章 殷武

第二十八皓巧小篠

藻潦 采蘋一章 摽 摽有梅一二三章 小 小星一二章 悄悄小少摽 柏舟四章 狡 狡童一二章 縞 出其東門一二章

皓繡鵠憂 揚之水二章 皎佼僚悄 月出一章 皓佼 二章 佼夭紹 三章 旐旐悄 出車二章

燎 庭燎一二三章 皎 白駒一二 皎 三四章 昊昊 節南山五章 昊 六章 昊 九章 浩浩昊 雨無正一章 昊

昊昊 巧言一章 藻鎬 魚藻一二三章 鎬 文王有聲六七章 潦 泂酌一二三章 小 民勞一至五章 小小 閔予小子 蹻蹻

造 酌 藻蹻蹻蹻蹻 昭昭笑教 泮水二章 小 長發二 四五章 小 柳十 十二章 昊 雲漢三五六章 昊 五章 昊 六章 昊 七章 昊昊 八章

蟜蟜 泮水五章

第二十九 哥果馬紙

左°左°左° 關雎三章 我、我、葛覃二章 我、彼、卷耳一章 彼、我°我°彼、章二三 彼、我°我°彼 章三 彼

我°我° 四章 我我也 江有汜二三章 可可可可 漢廣一章 可可、二三章 我° 草蟲一章 我、我、我 行露三章 我° 摽有梅一二三章

彼° 小星一二章 我也 野有死麕三章 彼、凱風一三章 彼、我彼彼靡° 泉水一章 彼、何彼襛矣一二章 彼° 騶虞

一三章 彼、我、柏舟一章 我°可、可、彼 章二 我°可、也、我°可、也、可、也 章三 我° 綠衣 我°我、我、 我°桃夭一三章 我、我、二三

四章 我 日月一二章 我 章二 也、可、章三 我、我、章四 我、擊鼓二章 我、我、章五 我我 章五 我、我、我

我° 我、谷風三章 我、我、我 章五 我°我 我 章六 也 旄丘一章 也也也也 章二 我° 我° 我 泉水四章

我、北門一章 我我我°我 章二三 我我我我 章二 我 北風一二三章 我、我、靜女一二章 彼彼彼我

靡、也、柏舟一二章 彼彼彼靡也 章二 可、也可也可也也 牆有茨一二章 可也可也也 章二 可

也可也可也也 章三 也也也也也也也 君子偕老二章 瑳°瑳 也也也也 章三 我、我、我 桑中一二三章

我我我二章　我我我二章　我我鶉之奔奔一二章　也也也也蝃蝀三章　我載馳一章　我我二三章

我我章　我我我五章　彼可淇奧一二章　彼可二章　彼猗淇奧三章　我我氓一章　左竹竿二章

左瑳儺竹竿三章　我我芄蘭一二章　彼彼彼有狐一二三章　我也也我也也我也也木瓜一二三章

彼彼靡靡我我我黍離一二三章　彼彼靡靡我我我二章　彼彼靡靡我我我三章

左我君子陽陽一二章　左我二章　彼我揚之水一二三章　我我兔爰一二三章　我我二章　我我三章　彼彼

彼采葛一二三章　彼彼丘中有麻一二章　彼彼我三章　我我我可也可也將仲子一二三章　彼彼彼

羔裘一二三章　也我也遵大路一二章　彼彼女曰雞鳴一二章　彼我我狡童一二章　我我也褰裳一二章　我我也

二章　我我子衿一二章　我我出其東門一章　我可二章　我我我還一二三章　我我我著一二三章　彼我

我我東方之日一二章　可可葛屨一章　彼彼汾沮洳一二三章　我我也我彼園有桃一章　我也我彼二章

彼彼彼陟岵一二三章　彼彼彼伐檀一二三章　我我彼我碩鼠一二章　我我彼三章　我我我蟋蟀一二三章

彼彼椒聊一二章我我杕杜一二章我我羔裘一二章靡靡靡鴇羽一二三章左我有杕之杜一章我我小戎
一章我二章彼我可黄鳥一二三章我晨風一二三章我無衣一二三章我渭陽一章我我二章我也權輿一二三章
可可衡門一章可彼可東門之池一二三章也墓門二章我我株林二章彼澤陂一三章我蜉蝣一二三章彼
彼候人一三章彼二三章彼彼我彼下泉一二三章我彼七月一章彼彼三章我我五章我六章我
我七章我我鴟鴞一章我我我我彼彼東山一章我我果臝可也可也二章我我我
我三章我我四章我我我破斧一二三章我我我鹿鳴一章我我二三章靡四牡一二三四章彼靡
皇華一章我二三四五章我我我我我伐木三章我我二章靡靡采薇一章我靡二章靡我三
彼四章彼我我我我六章我我我彼我彼出車一章我我彼彼彼二章彼我蓼蕭
一章彼二三章我彤弓一二三章彼菁菁者莪一章彼我二三章我四章我我六月一二章我我車攻一章彼吉日
一三章彼我我彼四章我彼我鴻鴈三章彼彼我沔水一章彼彼彼可鶴鳴一二章靡

祈父一二章我、白駒一二章我、我、我、黄鳥一章我、可、我、二三章我○我、我、我行其野一章我○我、二章我○三章
彼、節南山一二章瑣瑣四章彼、我○靡、七章我○我、我、正月一章我我、我、我、二章彼、我我、彼○
我、我、我、我、七章彼十一章彼○十二章我、我、我、十月五章我、六章我、我○我○我○我、八章可、可、
雨無正六章靡、靡、小旻五章彼、我○我○小弁一章我○二章靡○靡○我我○三章椅杝佗七章我、我、
我○我、八章彼○我、我、何人斯一章禍我、我我、可二章彼○我、我○三章彼○我、我、四章我○也
也我、也六章哆○侈○彼○巷伯二章彼○一章彼、五章彼○彼、六章我、我谷風三章我我我、我
我、我、我、我蓼莪四章我、可、也我、可、也大東三章可、可七章我○禍四月五章靡、我、
北山一章我○二章我、我、三章我、我、我○我、彼、小明二章我○我○我○我○我○妥、楚茨一章我○我、信南
山一章我、我、我、甫田一章我、我、我○我、我、二章彼、瞻彼洛矣一二三章我○我○我○裳裳者華一章我○二三章
彼、彼、車舝二章彼、我、我○四章我、五章彼○都人士一章彼○彼○我○我○二三章彼○彼○我○四章我○五章

我我我我我黍苗二三章彼彼白華三章彼二章我一章彼彼我四章我五章彼緜蠻一二三章
我苕之華二章可可三章我何草不黃二章彼我三章彼彼四章
左棫樸一二章我我我我我我
我皇矣六章彼彼公劉三章彼彼可泂酌一二三章可民勞一至五章我我我我板三章我可四章我
五章靡靡蕩之三五章可也可也抑五章可可七章我我我十一章靡靡桑柔二章我靡
三章我我我我桑柔四章靡靡我雲漢四章靡我二三章可三章我我江漢一章我我常武
一章我彼二章我靡靡瞻卬一章我我召旻一章靡我二章彼彼我四章
我我維天
之命彼彼天作我我我我將彼我我思文彼我彼振鷺彼有駜一二三章
我彼泮水八章我我我我我那我靡我我烈祖

第三十蕩養梗

永卷耳二三章 廣永漢廣一二三章 雨鵲巢一二三章 景養二子乘舟一章 雨雨柏舟一二章 上上桑中一二三章 上上

上二章 上三章 永考槃一二三章 爽罔氓五章 廣河廣一二章 永永永木瓜一二三章 雨雨大叔于田一章

雨二章 雨雨三章 上上清人一二章 往往子衿一二章 往往溱洧一二章 並雨還一二三章 蕩南山一章

雨蕩二章 蕩戴驅一二三四章 並車鄰二三章 永白駒一二章 仰鞅掌北山五章 往小明二三章 上炳頍弁

尚二章 上菀柳一二章 罔青蠅二三章 罔罔思齊二章 永下武二三章 永王四章 將往競梗桑柔三章 罔

罔瞻卬六章 蕩蕩蕩一章

第三十一靜

耿耿柏舟一章靜四五章靜靜女一二章聚聚丰三四章領騁節南山七章靖小明四五章領屏桑扈二章

屏三章靖菀柳一二三章泂泂酌一二三章

第三十二等拯

肯肯肯碩鼠一、二三章肯肯有杕之杜一二章

第三十三厚有黝麌

後江有汜一二章笱後谷風三章後後兔爰一二三章藪大叔于田一二三章逅野有蔓草一二章逅逅綢繆二章笱

笱笱敝笱一二三章後後葛生四五章苟苟采苓一二三章取取衡門三章枸楰耇後南山有臺五章瘉

後口口愈愈侮正月二章 笱後小弁八章 口厚巧言五章 斗斗大東七章 屢屢賓之初筵四章 駒

後饇取角弓五章 裕瘉三章 後菀柳二章 後緜蠻一二三章 后文王有聲三章 后后四章 主醹斗耇行葦六章

耇行葦七章 取取公劉六章 厚主卷阿三章 後後瞻卬七章 后後雝 耦主載芟 后后

玄鳥

犟王謹

第三十四感寢

飲飲泉水二章 髧髧柏舟一二章 飲飲叔于田二章 摻寁遵大路一章 摻寁二章 錦錦丰三四章 坎

坎伐檀一二三章 枕錦衾葛生三章 坎宛丘二三章 萏儼當作㛤 枕澤陂三章 坎坎伐木三章 湛湛

湛露一二三章 飲一二章 簟寢寢斯干六章 寢八九章 飲寢無羊二章 錦甚巷伯一章 甚菀柳二章

飲緜蠻一二三章 飲鳧鷖二至五章 飲飲泮水三章 荏荏生民四章 甚雲漢二至七章

第三十　五敢

敢、殷其靁一 二三章 檻、檻、菼敢 大車 一章 敢、将仲子一 二三章 奄、奄、黄鳥一 一章 敢、敢、正月 六章 敢、敢、小旻

六章 敢、敢、殷武 二章

第三十五送用綘

用、采蘩一 二章 送、燕燕一 二章 巻叔于田一 二三章 送、送、送、桑中一 二三章 控、縱、送 大叔于田二章 丰、巻

送、丰一 章 縱、縱、子衿一 二章 送、渭陽一 二章 弄 斯干八 九章 衆、衆、無羊 四章 用、用、十月 二章 用、用、小旻

三章 用、四章 縱、民勞一 至五章 用、用、抑四 章 用、用、十一 章 用、用、酌

第三十六宋送綘

仲、宋、忡、擊鼓 二章 宋、宋、河廣一 二章 仲、仲、将仲子 一章 仲、仲、二 章 仲、仲、三 章 仲、仲、黄鳥 二章 仲、仲

出車 三章 仲、烝民一 三五章 仲、仲、四六七 八章 降、瞻卬 六章 降、召旻一 二章 降、降、執競 降、降、烈祖

第三十七霽寘

髢揥帝君子偕老二章 遰野有蔓草一二章 髢揥刺葛屨二章 遰遰綢繆二章 地裼斯干九章 帝

譬小弁四章

苑柳一二章 帝帝文王一章 帝易六章 易七章 帝二章 帝帝三章 帝帝四章 帝五章 帝帝帝七章

帝帝皇矣一章 帝帝蕩一章 帝雲漢二三五六章 刺狄瞻卬五章 解帝閟宮三章 帝帝帝長發三章

譬小弁四章

第三十八隊至未霽怪

寐寐、關雎二章 肆。棄。汝墳二章 未。旣。一二章 未。旣旣 草蟲一二三章 謂。行露一章 謂、謂、二三章 退。自、羔羊
一三章 自。退二章 塈。謂。摽有梅三章 棣棣 柏舟三章 自、卣 日月三四章 曀曀寐嚏 終風三章 曀曀寐
四章 自、凱風一二章 潰旣肆塈 谷風六章 呰衛 泉水一章 自自 北門二三章 惠。旣 北風一二章 惠旣 北風三章
二。二子乘舟一二章 沬桑中一二三章 紕。四。畀。干旄一章 旣。視。旣。濟。視。閟。載馳二章 寐、考槃一二三章 寐。旣
遂。至。咥。自、氓五章 遂悸 芄蘭一二章 遂悸二章 謂、謂、河廣一二章 謂謂二章 謂、謂、黍離一二三章 嘅。嘅。
中谷有蓷一章 寐、兔爰一二三章 謂。謂。葛藟一二三章 畏。大車一二章 畏二章 謂。三章 愛、將仲子二三章 駟。二。清人一二三章 駟。
二章 駟。三章 惠、褰裳一二章 旣 溱洧一二章 旣既、雞鳴一章 旣二章 謂謂謂、還一二三章 未、自、
東方未明一二章 旣旣旣旣。南山一二三四章 謂謂 園有桃一二章 季寐棄 陟岵二章 旣旣。揚之水一二章 比弟
佽 杕杜一二章 褎自。羔裘二章 未。車鄰一章 旣。二三章 旣三章 駟。孌、媚、駟驖一章 四。旣 三章 四。孌 小戎
二章 駟。二、閑、三章 謂、蒹葭一章 未。謂、二三章 [illegible] 至。終南一二章 惴。惴、黃鳥一二三章 未。晨風一二章 棣。檖。未。
醉。三章 萃。誶。墓門二章 寐、澤陂一二三章 涕。泗、一章 愾。下泉一二三章 自、窒。室。自。東山三章 自、一二三四章 旣。四。

破斧一二三章　疐狼跋一二章　四四牡一二章　轡皇皇者華二三四章　轡既五章　既既常棣五章　既六七章　既四采薇四章
四四四五章　旆瘁出車二章　來既出車五章　至恤杕杜四章　既蓼蕭一二三四章　既彤弓一二三章　既菁菁者莪
一二三四章　既四四六月一章　四既既二章　既輊既既五章　四四洫采芑一五章　戾洫三章　既既四車攻
一章　既四二章　四四四章　既既既佽柴五章　四既六章　既既既四吉日一章　既二章　既
既殪四章　謂謂鴻鴈三章　未至庭燎一二章　謂白駒一二章　謂謂無羊一章　惠戾屆闋節南山五章
四四四七章　既既八章　自自自自正月二章　謂五章　謂謂六章　棄九章　棄九章　沸崒十月之三章
畏畏雨無正二章　退遂瘁訊答退四章　出瘁五章　惴惴小宛六章　嘒嘒淠淠屆寐小弁四章
媿畏何人斯三章　自自四章　畀畀巷伯六章　棄谷風一章　寘棄二章　蔚瘁蓼莪二章　恤至三章　既既
大東二章　卉四月二章　卉四章　四四北山三章　自自無將大車一章　自三章　恤小明四五章　致嗜既既既既楚茨四章
既既致醉五章　既醉既嗜惠六章　既既既既信南山二章　既既既既大田一章　既既既
既二章　遂穟穧穗利三章　至瞻彼洛矣一二三章　四四轡裳裳者華三章　既既未既頍弁一二三章　四轡
車舝四章　既既既既賓之初筵一章　既既至二章　未醉既醉未醉既醉既醉三章　既醉

既醉既醉醉四章醉醉諝醉五章淠淠嘒嘒駟屆采菽二章自菀柳一二章既黍苗二三章
既既五章既隰桑一二三章愛謂四章謂緜蠻一章畏謂二三章妹渭大明五章既既旱麓四章悳至
思齊二章肆思齊五章四翳栵既皇矣二章對季季三章季類比四章謂對五章謂謂七章類致
四肆四八章配下武一章配配二章寘寘寘生民三章穟穟四章肆行葦一二章既四既既
既既四四三章既醉既既醉一章既醉既二章遺類五章類六章既既鳧鷖一二章既三四章
位塈假樂四章既既既公劉二章既既既五章溉塈泂酌三章媚卷阿七八章既既十章悳民勞一至五章
壞畏七章類懟對內湯三章瘁戾抑一章四四二章寐內四章未未十章未既十一章
僾逮桑柔六章隧十二章隧類對醉悖十三章戾詈十六章愛既雲漢一章既二至七章四四崧高一章
既既崧高四章既既江漢一章既既悳常武一章既既既六章悳屆瞻卬一章類瘁瞻卬五章
潰潰召旻四章內潰潰二章粺替五章位懿時邁既醉既執競二章醉有駜一二章戾泮水
一二三章既既既烈祖遂既長發二章

第五十九代志

菜右菜右菜右關雎五三章載載泉水三章事事北門二章載載載馳一章載載坻二章佩

佩芄蘭一章代佩佩二章背痗伯兮四章又緇衣一二三章忌又忌忌忌大叔于田二章忌忌忌忌

三章佩女曰雞鳴三章佩佩有女同車一二章悔丰一二章嗣子衿一章佩異汾沮洳一二三章載載小戎三章載七月二章

載載載三章載載四牡三四章載五章載載皇華二三四五章疚來采薇三章載載大章來載出車

一章載來疚杕杜四章來又南有嘉魚四章載載菁菁者莪四章試采芑一三章載載沔水一章載載載

載二章富異我行其野三章載載載斯干八九章載載載正月九章載載小宛四章載息大東三章職

來服裘試四章備戒載備楚茨五章戒備載大田一章異頍弁一二三章載載賓之初筵四章誨載

緜蠻一二三章載備福旱麓四章載載載載生民一七章載載載載大章代代桑柔六章富忌

瞻卬五章載載時邁載載載載載芟熾富背試閟宮五章備備有嗇

第四十暮御遇

寤寐 關雎二章 兔 兔罝一二三章 御御 谷風六章 御居 鵲巢一章 露夜露 行露一章 素 羔羊一二三章 庶 標有

梅一二三章 茹據愬怒 柏舟二章 寤 終風三四章 故露 式微一章 雨 北風二章 素 干旄一二三章 寤 考槃二三章 戍

揚之水一二三章 兔 兔爰一二三章 射御 大叔于田二章 路袪惡故 遵大路一章 路 二章 故 狡童一二章 露露 野有蔓草一二章

圃瞿夜莫 東方未明三章 射 猗嗟一三章 沮洳莫度度路 汾沮洳一章 夜 陟岵一二三章 稼素 伐檀一二三章

莫除居瞿 蟋蟀一章 素素 揚之水一二章 袪居故 羔裘一章 夜居 葛生四章 露遡遡 蒹葭一二三章

鷺 宛丘二章 晤 東門之池一二三章 寤 澤陂一二三章 庶素 素冠一二三章 寤 下泉一二三章 圃稼稼 七月七章 圃除庶

故 天保一章 故 采薇一章 露 蓼蕭一二三四章 露夜 湛露一二章 茹穫 六月四章 除去夜夜 庭燎一二三章 庶庶

巧言二章 除莫庶暇顧怒 小明二章 庶 頍弁一二章 譽射 車舝二章 度度 三章 瓠 瓠葉一章 兔 二三四章

椐柘路固 皇矣二章 去路 生民三章 御斝 行葦二章 禦 蕩二三章 呼夜 五章 度虞 抑五六章 借 十一章

稼稼 桑柔六章 稼 七章 去故莫虞怒 雲漢六章 謝 崧高二章 謝傳御 三章 謝御 七章 鷺庶

夜譽振鷺夜鷺鷺 有駜一二章

第四十二 泰祭夬廢

嘒小星一二章 脱脱悅吠野有死麕三章 泄泄雄雉一章 逝逝日月二章 厲揭匏有苦葉一章 外外北門

二三章 逝害二子乘舟二章 帶芄蘭二章 厲帶有狐二章 邁黍離二三章 艾歲采葛三章 大毳大車一二章 敝

緇衣一二三章 大丈大車一章 介介介清人一二三章 大丈遵大路一二章 敝敝敝敝笱一二三章 蓋蓋園有桃一二章

外泄逝十畝之間二章 歲逝碩鼠一二三章 歲大蟋蟀一章 歲逝邁大外蹶二三章 大三章 大丈椒聊

一二章 杕杕杜一二章 藝鴇羽一二三章 噬有杕之杜一二章 歲歲葛生四五章 逝車鄰二三章 逝邁東門之枌三章 肺晢東門

之楊二章 大澤陂二三章 薈蔚候人四章 帶帶鳲鳩二章 杕杕杜一二章 逝莁杕杜四章 艾晣噦庭燎二章

蔽芾我行其野一章 噦噦噦噦斯干五章 蓋正月五章 蓋蓋六章 戾勱雨無正二章 晢艾敗小旻五章

逝何人斯一二三四章 大無將大車一二三章 歲小明二三章 介楚茨一二三章 秫艾鴛鴦三章 秫四章 愒瘵邁菀柳二章 厲

蠆邁都人士四章 蓋泰苗二三章 外邁邁白華五章 世世文王二章 世三章 大大明四章 大五章 拔兌

駾喙緜八章 大大思齊一章 拔兌皇矣三章 世下武一二章 世章 艓旆生民四章 軷烈歲七章 介旣醉

一二章 翽翽藹藹卷阿七八章 愒泄厲敗大民勞四章 大五章 話大板一章 蹶泄泄板二章 大大

大七章 大桑柔十二章 大敗十三章 大雲漢二至七章 大大常武一章 蹶蹶韓奕四章 蹶五章 大厲瘵屆

瞻卬一章 介艾臣工 茷茷噦噦大邁泮水一章 大大大閟宮二章 大艾歲害四章 大 2章

第四十二 霰震

愼陟岵一二三章 信九罭二三章 愼愼巧言一章

第四十三四恨恩稕問焮

倩盼碩人二章　問順女曰雞鳴一二章　汶汶載驅三四章　聞鶴鳴一二章　先墐忍隕小弁六章　慍問緜八　[illegible]音覲

章　訓順抑二章　覲覲韓奕二章　震震常武三章　震進四章　浚干旄一二三章　舜有女同車一二章　斤斤

紀覲叐

執競　壹亂互表

第四十四五翰換願諫襉霰線

漢二三章

漢漢漢廣一章　見汝墳一二章　暵暵暵中谷有蓷一二三章　見見草蟲一二三章　燕燕燕燕一二三四章　願終風三四章

鴈旦泮匏有苦葉二章　宴谷風二三六章　蔚簡兮一二章　徧北門二三章　燕婉新臺一二三章　願二子乘舟一二章　展袢顏

展媛君子偕老三章　怨岸泮宴晏旦氓六章　願伯兮三四章　暵日中谷有蓷一二三章　見采葛一二三章　館粲緇衣

三章　一二　晏粲彥羔裘三章　旦爛鴈女曰雞鳴一章　見見山有扶蘇一二章　見見見風雨一二三章　丱見弁

上山引貫反亂

菀生雅部

南田三章貫反亂猗嗟三章貫貫貫碩鼠一二三章見見揚之水二章見見見綢繆一二三章粲粲粲三章蔓

蔓葛生一二章粲爛旦三章見見見車鄰一二三章見轔晨風一二三章旦東門之枌二三章見素冠一二三章嘆下泉一二三章

燕鹿鳴二三章見見出車五章汕汕燕衎嘉魚二章燕一三四章萬南山有臺一二章見燕蓼蕭一二三章見二四章

見菁菁者莪一二三四章鴈鴻鴈一二三章戰戰小旻六章戰戰小宛六章亂巧言章亂亂亂亂章亂

亂亂三章憚憚大東三章燕燕北山四章萬楚茨二三章萬瞻彼洛矣二三章萬桑扈二四章翰憲三章

萬鴛鴦一二三四五章弁見見頍弁一二章弁霰見宴三章燕車舝一二章見晛角弓七八章見都人士二三四五章

見隰桑二二三章裸裸文王五章畔援羨誕岸皇矣五章萬下武五六章誕誕誕生民三章誕二四五六七章

誕五六七章萬既醉一二六七章萬六七章燕燕鳧鷖一二三章燕燕燕四章燕五章館亂鍛澗澗

公劉六章伴奐卷阿二章難憲憲板二章灌灌四章旦衍八章漢亂雲漢一章漢江漢一二三章翰

漢常武五章判渙難訪落患難小毖駽燕有駜三章泮觀泮水一章泮二及泮泮三章

泮泮獻泮獻五章泮獻六章泮獻八章萬萬閟宮四章

敝之中谷有蓷 二章

第四十五嘯笑效號宥幼

就就谷風四章 就我行其野一二章 殿鴛鴦三四章 好好好北風一二三章 好有杕之杜一二章 褎秀好生民五章 祝究蕩三章 抱貿貿氓一章 報報好木瓜一二章 報報好二章 報報好三章 膏曜

悼羔裘三章 蹈菀柳一二章 釣采綠四章 軸好清人三章 祝究蕩三章 好報女曰雞鳴三章 倒倒召東方未明一章 倒倒二章

第四十六號效笑嘯

告告葛覃三章 召甘棠二三章 芼樂關雎三章 號冒好報日月二章 暴笑笑敖悼終風一章 暴笑悼氓五章 造覺兔爰二章 好造緇衣二章 蚴好好蟋蟀一二三章 豹羔裘一二章 褎究究好二章 照燎慘月出三章 罩罩樂嘉魚一章 盜暴盜巧言三章 報楚茨二章 敖傚角弓二章 教緜蠻二三章 燎勞旱麓五章 膏勞黍苗一章 孝孝下武三章 孝四章 到樂樂韓奕五章 召江漢三章 召

召召四章 召五六章 召六章 廟廟清廟 造考孝閔予小子 懆懆白華五章 欲孝

文王有聲三章

昭々笑[illegible]沸水

第四十七箇過寘禡

被被采蘩三章 駕羊三四章 坐車鄰二三章 破破斧一二三章 駕車攻一二三章 駕二章 駕三章 駕猗馳破

施頍弁六章 施葛覃一二章 施章 施兔罝二三章

賀佐下武章

第四十八九宕漾映

荇關雎二章 荇荇三章 泳漢廣一二三章 諒柏舟一二章 孟上上桑中一二三章 孟上上二章 孟上上三章 相

相鼠一二三章 尚尚兔爰一二三章 孟有女同車一二章 倡猗嗟二章 尚著一二三章 上陟岵一二三章 暢小戎一章 韔韔三章

尚尚小弁六章 競競執競

第四十九　徑映諍勁

定姓麟之趾二章　定日月一二三四章　聖令凱風二章　政北門二三章　正鳲鳩三章　正正四章
定天保三章　定

罄二章　定騁采薇二章　定生寧醒成政姓節南山六章　敬聽巷伯七章　正聽小明四五章
性卷阿

二三四章　敬敬板八章
敬敬敬敬之敬敬泮水四章　聖敬長發三章

第五十、嶝證

贈○贈 溱洧一二章 贈、乘 渭陽一章 贈、二章

第五十二 候宥幼遇

覯 草蟲一二三章 冓、牆有茨一二三章 遘○遘 中谷有蓷一二章 具、大叔于田二三章 樹、樹樹 將仲子一二三章 遇 野有

蔓草一二章 逅逅 綢繆二章 漚、東門之池一二三章 咮 婧 候人三章 遘 覯、豆、伐柯二章 豆 飫當作饇 具 孺 常棣六章

樹、鶴鳴二章 覯○五章 具、具、小旻二章 遐○ 巧言四章 樹 數 五章 具、奏 後、具、楚茨六章 覯、裳裳者華一二三章 覯、車舝

四章 奏奏奏 賓之初筵二章 附 後 奏 侮 緜九章 附 侮 皇矣八章 豆 豆、生民八章 樹 侮 行葦三章 注、

泂酌一二三章 寇、民勞一至五章 漏 覯 抑七章 樹、奏 有瞽 奏奏 那

後

厭厭湛露三章

第五十二　勘梵沁

汎汎柏舟一章　汎汎二子乘舟一二章　汎柏舟二章　念小戎一二三章　念念二章　念三章　浸念下泉一二三章

念小明一三章　念念二章　念三章　浸念白華三章　念五章　念文王五章　念大章　汎汎菁菁者莪四章

第五十三　闞陷鑑釅豔

僭濫殷武四章　譖巷伯一二三四章　譖譖六章　厭厭厭載芟

第五十四　屋燭覺

谷木葛覃一章　谷二章　木樛木一二三章　角族麟之趾三章　角屋速獄速獄足行露二章　速速三章

樸樕鹿束玉野有死麕二章　綠綠綠衣一章　綠綠二章　綠三章　束讀讀辱牆有茨三章　綠瑑淇奥

一綠綠二三章獨考槃二三章木木瓜一二三章束揚之水一二三章谷中谷有蓷一二三章玉玉有女同車束束揚之水一
二曲藚玉玉族汾沮洳三章束綢繆二三章獨獨杕杜一二章獨葛生一二三章續轂馵玉屋曲小戎
一贖黃鳥一二三章轂東門之枌二三章屋轂七月七章蠋獨宿東山一章鹿鹿鳴一二三章木谷木伐木一章
木速速二章木三章轂祿足天保二章轂玉鶴鳴二章谷束玉玉白駒四章轂啄粟轂
族黃鳥一章啄二三章祿僕祿屋正月三章屋蔌蔌轂祿椓獨十二章谷谷十月三章啄粟獄
握粟卜轂小宛五章木谷六章轂獨小弁一章鹿足木四章欲巷伯三四章轂獨蓼莪五六章轂獨
四月三章濁轂五章霂渥足轂信南山二章祿鴛鴦一三四章木附屬角弓六章綠匊曲局沐
采綠一章束獨白華一章琢玉棫樸五章麓祿旱麓一章祿二章祿僕既醉七章僕八章角抑八章
木九章鹿轂谷桑柔九章谷轂垢十二章轂耦噫嘻轂角續續續良耜祿長發四五章
谷谷風一二三章祿鳧鷖一二三章祿祿四章嶽嶽崧高一章
斲桷殷武六章

第五十六　屋

肅肅兔罝一二三章　肅肅小星一二章　肅肅鴇羽一二三章　穆黃鳥一二三章　肅滌七月八章　肅肅鴻鴈一章　肅肅

黍苗三章　肅肅思齊三章　穆肅清廟　肅肅穆穆雝　穆穆泮水四章

第五十七　沃屋藥鐸

淑關雎一二章　淑淑三章　酌卷耳二　樂樛木一二三章　灼灼桃夭一章　趯趯草蟲一章　慉育育鞫覆

育毒谷風五章　蓄大章　叔旄丘三四章　宿泉水二三章　祝六告干旄三章　奧竹淇奧一二章　奧竹綽較

謔虐三章　陸軸宿告考槃三章　復復復氓二　籊籊竹竿一章　籥翟爵簡兮三章　樂樂

君子陽陽一二章　叔叔叔于田一二三章　叔叔叔大叔于田一二三章　叔蘀兮一二章　叔丰三四章

樂謔芍藥溱洧二章　告告鞫南山三章　樂樂樂碩鼠一二三章　鑿鑿襮沃樂揚之水一章　匊篤

椒聊一二章　六燠無衣二章　樂樂車鄰二三章　鋈小戎一二章　櫟六駮樂晨風二章　淑東門之池一二三章　沃

沃樂隰有萇楚一二三章　淑鳲鳩一二三四章　莫蘀七月六章　穋菽七章　陸復宿九罭三章　樂樂鹿鳴

三章　六皇華二三章　六沃四章　樂常棣六七章　樂樂南山有臺一至五章　蓼蓼蕭一二三四章　叔戚采芑一二章
樂八章
叔叔叔三四章　鶴樂鶴鳴一二章　復黃鳥一二三章　畜復我行其野一章　遂宿畜復二章　慼慼節南
山七章　沼樂炤慘慘當作懆懆　虐正月十一章　踧踧小弁二章　躍躍巧言四章　樂谷風一二章　蓼蓼
莪一二章　畜蓄育復腹四章　奧慼菽戚宿覆小明三章　淑鼓鍾一二三章　祝告楚茨四五章　樂
桑扈一二章　的爵賓之初筵一章　樂爵二章　樂魚藻一二章　菽菽采菽一章　樂樂三四五章　樂隰桑一章
沃樂二章　酌瓠葉一三四章　濯濯翯翯沼躍靈臺二章　樂三四章　夙育生民一章　菽菽
四章　俶告既醉三章　告四章　篤公劉一至六章　酌洞酌一章　酌濯二三章　虐民勞一至五章　虐謔謔蹻蹻
耄謔熇熇樂板四章　覺告抑二章　昭樂懆懆藐藐教虐耄十一章　削爵濯淑
溺桑柔五章　復毒十一章　俶藐藐蹻蹻濯濯崧高四章　夙樂有駜一二三章　樂泮水一二三章　穋菽閟宮
一章　濯濯殷武五章　覆覆瞻卬二章　藐藐七章　宿宿有客

第五十八 屑質櫛

室桃夭一章實室二章秸襭芣苢三章實七吉摽有梅一章實二章寔小星一二章壹。騶虞一二章

七、凱風三四章節日旄丘一章實北門一章一、室。實北門二章一、室。實三章實章雪、北風一二章

實柏舟一二章日室栗漆瑟定之方中一章吉二章切瑟。淇奥一章切瑟。二章日疾伯兮三章一。日、

采葛一二三章室穴日大車三章室東門之墠一章栗室即二章一。日、子衿三章一。野有蔓草一二章實實揚之

水一二章日室室即東方之日一。章實實園有桃一二章蟋。蟀、即。蟋蟀一二三章漆栗日瑟日室

山有樞三章實椒聊一二章七吉無衣一章日葛生四章日室五章漆栗瑟耋車鄰二章穴慄黃鳥

一二三章實晨風一二三章必。[illegible]衡門二三章一、澤陂一二三章韠結一素冠三章實室隰有萇楚三章七一

一結鳲鳩一章冽下泉一二三章七。一。日觱日栗烈、日七月一章七。日、日、二章七。七。三章一。日、日、四章

蟋、蟀、室、五章日、日、日、八章垤。室。東山三章實室二章瑟、鹿鳴一章瑟瑟三章弔質日。天保五章

實日日杕杜一章一。彤弓一二三章佶佶吉六月五章吉。六章吉。日、吉日一二章漆。二章秩。秩斯干一章

實。室。無羊四章節。節南山一二章日、日。日、十月一章日。日、二章逸徹逸八章日四月二章日、三章栗四章

畢五章 室血疾室雨無正七章 壹日小宛二章 壹何人斯五六章 秩秩巧言四章 日七大東五章 畢「大東」六章

日日四月二三五章 日小明二三章 吉一章 苾苾信南山六章 珌室瞻彼洛矣二章 實頍弁一二章 實日三章 秩秩

設逸逸賓之初筵一章 抑抑怭怭秩三章 雪角弓七八章 實吉結都人士三章 一采綠一四章 一日日二章

實白華四五章 瓞漆穴室緜一章 瑟旱麓二五章 淢當作洫 匹文王有聲三章 實實生民三章 實瓞四章 實

實實實實實實實實栗室五章 抑抑秩秩匹假樂三章 密即公劉六章 吉卷阿

七八章 抑抑抑一章 疾恤熱桑柔五章 姞姞韓奕五章 實實實實「韓奕」六章 日日召旻七章 設設

有瞽 挃挃栗栗比櫛室室良耜 駜駜駜有駜一二三章 閟恤實實閟宮一章

第五十九　没術物迄

勿勿 甘棠一二三章 茁 騶虞一二章 弗 燕燕一二三章 出 日月三章 出卒述 四章 出出 泉水二三章 弗 考槃一二三章

出 出其東門一二章 勿勿 園有桃一二章 聿 蟋蟀一二章 駜鬱 晨風一章 出 月出一二三章 出 出車二又章 物 魚麗四五六章 出

六月一章 物出 二章 卒 采芑一二三四章 駜 沔水一二章 駜卒 三章 恤 祈父一二三章 出物 何人斯七章 弗弗 雨無正一章

弗弗弗弗弗弗勿 節南山四章 律律弗弗卒 蓼莪六章 聿 小明二三章 卒卒 楚茨三章 出出 賓之

初筵四章 勿勿勿 五章 觱沸 采菽二章 卒没出 漸漸之石二章 卒 何草不黃三四章 卒聿 緜二章 茀

茀仡仡忽拂 皇矣八章 遹遹遹 文王有聲一章 遹 三章 汔 民勞一至五章 出出 韓奕三章

觱沸 瞻卬七章 卒卒 召旻一章

卒 假樂二三章

第五十九 曷末黠鎋薛月

葛 葛覃一二章 葛 二章 害害 三章 葛 樛木一二三章 掇捋 芣苢二章 圾秣 漢廣二三章 伐 汝墳一章 蕨惙惙

說 草蟲二章 蕨 茀伐茇 甘棠一章 蔽茀敗憩 二章 蔽茀拜說 三章 發 騶虞一二章 曷 綠衣一二章

闊說 擊鼓四章 闊活 五章 月曷 雄雉三章 逝發閱 谷風三章 牽邁害 泉水三章 孑孑 干旄一二三章

活活濊濊發發揭揭孽孽朅朅 碩人四章 說說 氓三章 朅桀 伯兮一章 月曷佸

桀括渴 君子于役二章 曷 一章 曷月 揚之水一二三章 啜啜 中谷有蓷三章 葛 葛藟一二三章 葛月 采葛一章 折 將仲子一二三章

烈 大叔于田一二三章 達闕月 子衿三章 月闥闥發 東方之日二章 日曷 南山一三四章 葛日曷 二章 日 園有桃一二章

日 陟岵一二三章 伐 伐伐 伐檀一二三章 月 蟋蟀一二三章 曷 鴇羽一二三章 日 無衣一二章 日 日 女曰雞鳴一章 曷 有杕之杜一二章 葛

葛生一二章 月 月出一二三章 發偈怛 匪風一章 掘閱雪說 蜉蝣三章 祋芾 候人一章 洌 下泉一二三章 月月

發烈褐歲 七月一章 月月 二章 月月月伐月月 三章 月月月月 四章 月月月月月月 日

章 五 月月月月月月 六章 月月 七章 缺 破斧一二三章 伐 伐柯一章 伐伐 二章 跋 狼跋一二章 伐 伐木三章

烈渴 采薇二章 設 彤弓一二三章 菀杌 正月七章 厲滅威 正月八章 月月 十月二章 月月 之章 逝發

閱小弁八章　烈烈發發害蓼莪五章　舌揭大東七章　月月四月一章　烈烈發發害三章　月曷

韋逝渴括車舝一章　發發賓之初筵一章　曰曰曰章　烈烈黍苗四章　曰角弓七八章　菀菀柳

一二章　撮髮說都人士二章　帶髮四五章　厥厥緜八章　厥厥曰曰曰曰九章　伐絶皇矣八章　厥厥文王

有聲一章　厥月達害生民二章　遏民勞一至五章　曰曰板八章　曰蕩二至八章　揭害撥世八章　哲哲抑一章

舌逝六章　曰抑十章　茀茀桑柔十一章　舌發烝民三章　奪說瞻卬二章　哲哲哲舌三章　竭竭

害召旻六章　厥厥有聲烈烈載見　活達傑載芟　厥厥桓　害月閟宮一章　哲發

長發一二章　撥達達越發烈烈截二章　旆當作發　鉞烈烈曷蘖達截伐桀六章　厥

厥殷武五章

第六十鐸覺藥陌麥昔

莫(莫)濩綌斁葛覃二章薄薄三章薄薄芣苢一二三章錯漢廣二三章鵲百鵲巢一二三章亦亦草蟲

一二三章伯甘棠一二三章莫殷其靁一二三章石席柏舟三章綌獲綠衣四章莫莫終風二章伯伯伯旄丘一三四章

栢柏舟一二章鵲鶉之奔奔一二章作作定之方中一章赫淇奧一二章碩考槃一二三章落若氓三章伯伯伯兮一章伯

二章伯三四章(伯四章)役夕役君子于役一二章百兔爰一二三章亦莫葛藟一二三章蓆作緇衣三章亦亦亦二三

將仲子一二三章襗襗伯擇兮一二章伯伯丰三四章薄薄鞹夕載驅一章亦亦園有桃一二章役陟岵一二三章

百伐檀一二三章碩碩莫碩鼠一二三章白石揚之水一二三章碩碩椒聊一二章夕夕綢繆一二三章百百葛生四五章碩

獲駟驖二章白蒹葭一二三章百(百)黃鳥一二三章澤戟作無衣二章澤(澤)碩澤陂二三章百亦候人一章穫擇貉七月

四章亦破斧一二三章碩亦舄狼跋一章碩二章

駱若度皇華四章鄂莫常棣一章亦莫天保一章百二章

莫莫三章亦作亦莫采薇一章亦亦二三章赫赫出車三章赫赫薄五章薄赫赫六章莫

湛露三四章奕奕(御)亦舄繹車攻四章澤作宅鴻鴈二章襗石錯鶴鳴一章石二章白白駒一章白藿夕

客二章白三四章閣橐(橐)斯干三章石赫赫節南山一章赫赫二章慼懌八章亦亦正月十一章亦亦

十月一章莫莫夜莫夕惡雨無正二章百三四章亦小旻一二章亦之章莫莫小弁八章奕奕作莫度

獲巧言四章碩五章莫蓼莪六章穫穫大東三章百無將大車一二三章昔小明二三章踖踖碩炙莫莫

庶客錯度獲格酢楚茨三章百碩若大田一章洛瞻彼洛矣一二三章赩一章白駱駱若裳裳者華

三章百百賓之初筵二章柏奕懌頍弁一章夕三章柞車舝四章亦采菽四五章伯黍苗一四章伯伯三章

白白白華一章碩三四六章炙酢瓠葉三章石漸漸之石一二章亦亦思齊三四章赫莫獲度廓宅

皇矣一章作二章柞柏作作伯三章度貊四章赫赫大明一章莫莫旱麓六章席酢炙臄

行葦二章亦卷阿七八章亦民勞一至五章懌莫板二章亦亦亦抑一章格度射七章作獲赫

桑柔十四章伯伯伯宅崧高二章伯伯伯伯三章伯伯伯伯四章伯五章伯伯伯伯六章伯伯

七章伯碩伯八章若賦烝民二章亦亦亦五章亦六章奕奕韓奕一二章錯赤舄二章百貊

伯壁籍六章赫赫常武一三章百百召旻七章作作天作薄莫百時邁客亦惡斁

振鷺客客客客薄有客莫螫小毖柞澤澤伯畧驛驛穫載芟繹繹

賚鎛穫薄駉一二四章薄駱雒繹繹斁作三章薄泮水一二三章博斁逆獲七章赫赫閟宮

一章 莫五章 繹宅貊莫莫諾若閟宮六章 柏度尺舄碩奕奕作碩若八章 假斁
奕客懌昔作夕恪那 假假烈祖 假假玄鳥 百長發四五章 莫莫莫六章 莫
莫殷武二章

第六十二 錫昔屋麥

適益讁北門二章 籥翟爵簡兮三章 狄翟晳君子偕老二章 簀錫璧淇奧三章 役役君子于役一二章
戚戚淑中谷有蓷二章 適適碩鼠一二三章 肅肅鴇羽一二三章 適適有杕之杜一二章 穋黃鳥一二三章 甓
鷊惕惕防有鵲巢二章 適適伐木二章 蹐脊蜴正月六章 適適巷伯二章 適 埸信南山三四章 辟剔
皇矣二章 辟棫樸二章 辟辟靈臺三四章 績辟文王有聲四章 析析車舝四章 辟解假樂四章 埸積公劉一章 益
易辟辟板六章 辟辟蕩一章 解易辟韓奕一章 幭當作幦 厄二章 錫江漢四章 辟錫辟烈文
辟績辟適解殷武三章

第六十三　德職屋麥

得服側關雎二章　陟陟陟卷耳三四章　福福輻樛木一二三章　則草蟲一章　陟則草蟲二三章　食羔羊一二章

革緎食二章　食二章　蜮側息殷其靁二章　戓一章　則終風三四章　棘棘凱風一章　棘二章　則則匏有

苦葉一章　式式式微一二章　北亟北風一二章　北亟二章　黑亟三章　則得新臺三章　側特慝柏舟二章

麥北弋桑中二章　麥極載馳五章　食貳極德氓四章　則則芄蘭一二章　側服有狐三章　麥國

國食丘中有麻二章　服服叔于田三章　服抑抑大叔于田二三章　直羔裘一章　飾力直二章　弋弋女曰雞鳴一二章

食息狡童二章　則出其東門一二章　則雞鳴一二章　克得得極南山四章　抑則猗嗟一章　則則三章　棘服

葛屨一章　棘食國極園有桃二章　陟陟岵一二三章　輻側直穡億特食伐檀二章　穡一三章　穡二章　食

麥德國國國得直碩鼠二章　食得一章　食三章　翼棘稷食極鴇羽二章　稷一章　食飾二章　食

有杕之杜一二章　棘域息葛生二章　則二章　驖北駟驖三章　棘息息特黃鳥一章　食權輿一二章　值宛丘二三章

食衡門二三章　翼服息蜉蝣二章　翼服候人二章　棘忒忒國鳲鳩三章　國國四章　國破斧一二三章　克得

伐柯一章　則二章　食鹿鳴一三章　食德則式二章　福食德天保五章　翼翼服戒棘采薇五章　牧棘

出車一章式南有嘉魚一二三章德南山有臺三四章德蓼蕭二三章革福四章棘德湛露三章飭服熾急國
六月一章則服服二章翼服服國三章翼奭服革采芑一章服服二章戒戒鶴鳴一二章食白駒
一二章畜特我行其野三章翼棘革斯干四章殖殖五章式式式牧式無羊二章牧三四章式式則
節南山四章特克則得力正月七章或或八章輻載意十章德國雨無正一章則則四章則則
小旻二章國或或或或或五章克富又小宛二章或或小弁六章蜮則得極極側何人斯八章食
北北巷伯六章棘直大東一章服試四章北北七章德極蓼莪四章陟北北山一章或息或國或
息或四章或或或或五六章或或或或六章直戠式小明四章息直福五章棘稷稷翼翼
億食福楚茨一章或或或或二章或或三章食福式稷勅極億楚茨四章翼翼稷
或或穡食信南山三章螣賊大田二章黑稷福桑扈四章畐の未福鴛鴦一三四章翼福二章德式式
車舝一二章式式食德式三章棘極國青蠅二章極三章側福德賓之初筵四章或或或識式又
五章福采菽三章福の斗幅三章息暱極菀柳一章則則都人士五章食緜蠻一二三章側極三章翼翼國
國克文王三章億服四章服服五章德福克六章翼翼福德國大明三章牧七章則直

來包克

載備祀福旱麓四章

載翼翼緜五章式入思齊四章國國皇矣一章則則則章三德德克克克克克克

德章四德色革識則章七亟來靈臺圍伏靈臺二章德下武二章式則章三德服章四

北服文王有聲六章克克稷生民一章匐克克嶷食麥章四稷穡章五戓戓戓戓章七戓

戓行葦一章戓戓戓戓戓章二背翼福行葦四章德福既醉一章福鳧鷖二二章福德

假樂一章福億章二福三翼德翼則卷阿五章國式民勞二章息國極式慝德章三國式式

四章國國式章五克服德力蕩二章國德德背側德章四式式式章五德職抑一

章德則抑二章德章三德賊則章八德德章九國忒德棘章十二國國桑柔二章國三

穡食穡食桑柔六章賊穡國力章七極職背克職力章十五職覆背章十六稷克雲漢

二則則章三式崧高二章式章三德直國崧高八章則德烝民一章德則色翼翼式力

二則則章五克職章六北國韓奕六章式疾棘國國極江漢三章德國章六戒國常武

章一翼測克國章五塞來章六覆瞻卬二章忒背極慝倍識織章四國國章五福德克式七

烈文式德時邁福福福執競稷克極思文罭罭良耜德則泮水四章德

服馘五章（極五）稷福稷穡麥國穡稷閟宮一章 或稷福福三章 域域玄鳥 國（國一章）國長發

二章 國四章（五） 翼翼極五章殷武 福早麓四章 棫五章 福六章

國福殷武四章

第六十四合緝洽

揖揖蟄蟄螽斯三章　及及采蘋二章　及泣燕燕一章　及立泣二章　及三章　習習谷風一章　入

入北門二三章　濕泣泣及中谷有蓷三章　雜雜女曰雞鳴三章　揖還一二三章　隰山有樞一二三章　集鴇羽一二三章　隰車鄰二三章

合軜邑小戎二章　隰晨風二三章　隰隰有萇楚一二三章　入入七月五章　集四牡三四章　隰及皇華一章　合翕

常棣七章　揖翕大東七章　潝潝小旻二章　集黃鳥一二三章　濈濕無羊一章　入何人斯一二章　入二章　入入六章

緝緝巷伯三章　及及采綠四章　集黍苗三章　隰隰隰桑一二三章　集合洽大明四章　立緜五章　立立

立七章　楫及棫樸三章　習習谷風一二三章　習習二章　習習三章　挹泂酌一二三章　輯洽板二章　及及八章

及及崧高一章　入入韓奕二章　十十噫嘻

第六十四 帖葉業狎緝之

葉 涉 匏有苦葉一章 涉 涉 四章 葉 韘 韘 甲 芄蘭二章 執 君子陽陽一二章 執 執 遵大路一二章 涉 涉 褰裳一二章

十 田 十畝之間一二章 葉 葉 杕杜二章 葉 葉 東門之楊一二章 業 業 捷 采薇四章 縶 縶 白駒一二章 葉 隰桑

一二三章 業 業 長發七章 貶 業 業 跕 召旻三章 業 業 捷 捷 及 烝民七章 縶 縶 有客

葉 葛覃一章 葉 二章 捷 捷 巷伯四章 攝 攝 既醉四章 業 業 雲漢三章 業 業 常武三章

第六十五 盍葉業洽

獵 伐檀一二三章

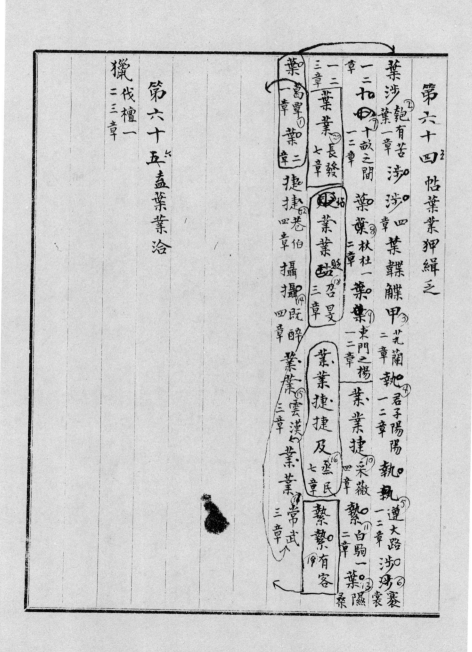

語末助詞

隔句韻

韻不必拘讀

詩本音韻例

凡詩中語助之辭皆以上文一字為韻如兮也之只矣而哉止思焉我斯且忌猗之類皆不入韻。又有二字不入韻者著之乎而是也若特用其一則遂以入韻其君也哉誰昔然矣人之為言胡得焉是也寤寐求之注（兩用）

此詩上下各自為韻罝與夫協丁與城協謂之隔句韻　肅肅兔罝注（兔罝）

木字轉上聲音姥則与女字為韻然如此則太巧矣今此類一切不注後放此但學者當知古人之詩無處無韻不必兩句一韻如後人五言之法也（不可方思注）

古人之詩言盡而意長歌止而音不絕也故有句之餘章之餘句之餘若上篇所謂一字二字之語助是也章之餘如于嗟麟兮其樂只且文王烝哉之類是也記曰言之不足故長言之長言之不足故嗟歎之凡章之餘皆嗟歎之辭可以不入韻然合三數章而歌之則章之末句未嘗不自為韻也　于嗟麟兮注（麟之）

或問二章之家不入韻三章之家入韻可乎曰奚而不可夫音與音之相從如水之於水火之於火也其在詩之中如風之入於竅穴無微而不達其發而為歌如四氣之必至而無所逃於天地之間者也故夫子之傳易曰同聲相應而記之言樂也曰聲相應故生變變成方謂之音蘇氏所謂古人之文譬之風行水上自然而成者豈若後世詞人之作字櫛句比而不容有一言之離合者乎且如凱風之南首章入韻而二章不入韻燕燕之及首章三章不入韻而二章入韻於詩多有之矣況此二章之家乎入相

後章韻前之法

通，固不得謂之非韻也。如集傳之説，必欲比而同之，則不得不以二章之家音谷、三章之家音公，一家也，忽而谷，忽而公，歌之者難為音，聽之者難為耳矣。此其病在乎以後代作詩之體，求六經之文，而厚誣古人，以謬悠忽怳不可知不可據之字音也。豈其然乎？朱子復生，其必以愚為知言也夫。

誰謂女無家　音姑　注行露

朱子詩音大抵本之吴才老，或委之門人編注，而其中參錯不合者，未之詳定也。且如殷其靁側叶莊力反，匏有苦葉子叶奬里反，谷風死叶想止反，相鼠俟叶羽己反，側與力、子与里、死与止、俟与己，本一韻也，何以云叶？頍弁柏叶逋莫反，奕懌並叶弋灼反，本文無灼韻中字，又何須叶？節南山氐音底，叶都黎反，氐本平聲齊韻中字，何須音而又叶？野叶上與反，不注於燕燕，而注於葛生；南叶尼心反，不注於燕燕、凱風，而注於株林；思叶新齎反，來叶陵之反，不注於終風，而注於雄雉，先後之間亦為失次。

歸哉歸哉　注　殷其靁

首章以葭豝虞為韻，二章以蓬豵為韻，而虞字則合前章，集傳不得其解，乃以首章之虞叶音牙，二章之虞叶五紅反，一詩之中而兩變其音。及至秦詩權輿之篇則無說矣。首章以渠餘輿為韻，二章以簋飽為韻，而輿字則合前章，正与此詩一律。雖有善叶者，不能以輿而叶簋飽也，故愚以為此古人後章韻前章之法，不得此說而强求之上句，宜其迷謬而不合矣。　或曰：如騶虞、權輿之詩，若斷其第二章歌之，則其韻何所承乎？曰：古人歌詩，如宗廟朝會之樂，皆用全篇。春秋列國卿大夫賦詩，始有斷章，如騶虞、權輿之詩，必無去其首章，但斷二章之理。且古人之詩有義同而必二章三章，非故為

通其四聲則此中入韻
一句之中而自為韻
一句而兩韻
如今之人之見求之
一章而故不自為協

是重疊之辭也。取其被之管弦、音長而節舒、若一章而止、則短促不成節
奏、必合二三章為一闋、故可以後章韻前章也。
于嗟乎騶虞注 騶虞
此章之酒、綠衣首章之衣、燕燕三章之及、通其四聲、則皆入韻。恐學者
以為繁碎、故不注、而發其例於此、後之善歌者自能知之、 以敖以游注 柏舟
日居月諸、一句之中、而自為韻、亦歌者所不得而遺也、 不能奮飛注 日月 柏舟
元戴侗曰、此章上半句瀰與鷕協、下半句盈與鳴協、亦一句而兩韻也、 雉
鳴求其牡注 匏有苦葉
按哉之以語助為韻、詩中亦或有之、李因篤曰、當以為何字為韻、為古音
譌見相亂、 謂之何哉注 北門
或問四句二韻、而語助之字、一有一無、在他詩亦有可證者乎、曰、非獨四句也、即
三句二句亦有之矣、老子云、上士聞道、勤而行之、中士聞道、若存若亡、行與亡
為韻、史記朱虛侯章歌曰、深耕穊種、立苗欲疏、非其種者、鉏而去之、疏與去為
韻、此非四句二韻、而獨用一之字者乎、篤公劉之詩曰、何以舟之、維玉及瑤、鞞琫
容刀、舟與瑤刀為韻、此非三句三韻而獨用一之字者乎、載見之詩曰、以介眉
壽、永言保之、壽與保為韻、桓之詩曰、於昭于天、皇以閒之、天與閒為韻、礼
記坊記、相彼盍旦、尚猶患之、旦與患為韻、莊子則陽篇、不馮其子、靈公奪
而里之、子與里為韻、此非二句二韻而獨用一之字乎、古人之文、變化不拘若
此。以今人之見求之、猶膠柱而鼓瑟、必有所不諧者矣。 得此戚施注 新臺
首章唐鄉姜為一韻、中宮為一韻、而上字仍協首句、二章麥北弋為一韻、中宮

以衰頌答三章
非章体
一章兩韻
平与平合
平上不合
是以上与平去亦有之
兩章兩韻
以二章合為韻
方音相協 秦
一句之中兼用二韻

為一韻、三章葑東庸中宮共為一韻、而上字仍協首章、所謂後章韻前章者
也、 桑中

按此詩自驅馬悠悠以下別是一韻、歸唁衛侯注 載馳
古人音部雖寬而用之則密、故同一部而有親疏、如此章趍矯知平与平為
韻、遂悸去与去為韻、而合之則通為一也、干旄二章旟都平与平為韻、組五
予上与上為韻、而合之則通為一也、木瓜二章桃瑤平与平為韻、報好去与去為
韻、而合之則通為一也、同一聲而有親疏、如秦風黃鳥之首章棘息特為韻、穴
慄為韻、而合之則通為一也、分之而不亂、合之而不乖、可以知其用音之密矣。

垂帶悸兮注 芄蘭
末句無韻、蓋以二章合而為韻、狂童之狂也且注 褰裳
李因篤曰、父曰母曰兄曰皆至行役為句、而子季弟於句半為韻、各協下音、
猶之半句為讀也、擊壤歌、帝何力於我哉、力字与上息食為韻、与此正同、
父曰嗟予子行役注 陟岵
末二句無韻、或以二章合為韻、中心好之曷飲食之注
古蒸侵二韻不相通、此以音与興韻、大明七章以林心与興韻、豈方音之不同邪
秩秩德音注 小戎
二從之自為韻、遡游從之注 蒹葭
詩有一句之中而兼用二韻、如其虛其邪是也、此章則薈蔚自為一韻、婉孌自
為一韻、而隮飢又自為一韻、古人屬辭之工、比音之密、如此、所謂天籟之鳴自然應
律而合節者也、 候人

隔二句与下協

一章兩韻各自為協

首尾為一韻、中二句為一韻、詩之變體

穋麥二字非韻李因篤曰二句不入韻以下句夫字為韵与圃稼協　黍稷重穋禾麻菽麥注七月

顧夢麟曰首章歸字隔二句与下歸悲衣枚協如生民三章之例次章以下則因首章而以獨韻起調古樂府及唐宋人詩餘長調亦有獨韻起者

慆慆不歸注東山

李因篤曰二章以下麟士以為獨韻起調然二章之實室三章之垤室室至四章之飛歸皆与上歸字相應是未嘗無韻也　其舊如之何注東山

華字從平笙字從生徧考三代秦漢之書凡鳴平生字無入陽唐韻者知此章自吹笙鼓簧以下別為一韻烈祖之詩亦然自黄耇無疆以下別為一韻集傳叶音皆非　示我周行注鹿鳴

此章首尾為一韻中二句為一韻蓋詩之變體周頌思文后稷克配彼天立我烝民莫匪爾極稷与極為韻天与民為韻儀礼士昏礼往迎爾相承我宗事勗帥以敬先妣之嗣若則有常相与常為韻事与嗣為韻楚辭天問雄虺九首儵忽焉在何所不死長人何守首与守為韻在与死為韻宋玉風賦被麗披離衝孔動楗眴煥粲爛離散轉移離与移為韻楗与爛為韻漢安世房中歌安其所樂終產樂終產世繼緒所与緒為韻二產為韻皆同此例　助我舉柴注車攻

局不与脊為韻未詳李因篤曰局轉去聲則音具与下文厚字為韻厚古音戶　不敢不局注正月

集字非韻宋王應麟詩攷序言朱子從韓詩是用不就今本仍作集元熊

[illegible]不[illegible]

朋来五經說曰、詩音舊有九家、陸德明釋文始以己見定為一家之學、詩中慘皆作懆、勞心懆兮協照燎紹為韻、我心慘懆協耄為韻、歌以訊之當作歌以誶止、是用不集當從是用不就、皆以韵為證、釋文猶或字具數音、及孫氏直音出、而挾菟園冊者并釋文不復考矣、是用不集注〻是

躳不与天為韻、陳第引易震上六以躳韻鄰、楚辭大招亦以躬韻騫、終未敢信闕之　無遏爾躳注

上下章商字不入韻、獨此一章皆陽唐二韻、則商字亦不期而自合矣、古人之學、所以取之左右逢其原。而不容於執一也。　咨女殷商注

上二章俱一句一韻、上下各協、獨此章東字不可韻、此見古人之文以意為主、而不屑屑於音節之疏密、小有出入、終不以韻而害意也　孔棘我圉注

宋吳棫韻補讀瞻為諸良切、引漢溧陽長潘乾校官碑以瞻為彰、崔駰反都賦以瞻為障二證、愚未敢以為然、考潘乾碑文末云、永世支百民人所彰、子子孫孫、俾爾熾昌、則固未嘗作瞻也、　民人所瞻注

末句無韻、職兄斯引注　子孫保之注　續古之人注

此章或可以命純收篤為韻、凡周頌之詩多若韻若不韻者、意古人之歌必自有音節、而今不可考矣、朱子曰、周頌多不叶韻、疑自有和聲相叶、清廟之瑟朱絃而疏越、一唱而三歎、歎即和聲也、　曾孫篤之注

末三句無韻、我其夙夜畏天之威于時保之注

四句無韻、貽我來牟帝命率育無此疆爾界陳常于時夏注、

首二句無韻　豐年多黍多稌、亦有高廩注、

末二句無韻、或以二考字就字自為韻、身字与涣難韻、以保明其身注
無韻、或以止之思為韻、然詩無全用語助為韻者、於繹思注
遑字不入韻、封建厥福注
無韻、清廟注 昊天有成命注 時邁注 武注 般注、

讀詩拙言曰、夫詩必有韻、詩之致也、毛詩之韻、不可一律齊也、蓋觸物以攄思、本情以敷辭、從容音節之中、宛轉宮商之外、如清漢浮雲、隨風聚散、蒙山流水、依坎推移、斯其所以妙也。故有四句而兩韻者、關雎首章之類是也、有四句兩韻又轉而他韻者、關雎次章之類是也、有四句而各兩韻者、伯兮首章之類是也、有八句而四韻者、碩鼠之類是也、有十二句而六韻者、小明首章之類是也、有三句而兩韻者、采葛之類是也、有三句而皆韻者、十畝之閒之類是也、有四句而皆韻者、還之類是也、有五句皆韻者、鴟鴞卒章之類是也、有五句皆韻轉而五句又皆韻者、甫田一二章之類是也、有六句皆韻者、猗嗟三章之類是也、有八句皆韻轉二句以成其韻者、甫田三章之類是也、有六句三韻轉而六句又三韻者、頍弁首章之類是也、有三句為韻十、二句四韻者、采芑次章之類是也、雖然此易讀也、有六句六韻轉二句一韻又轉三句一韻以足之、如七月之五章也者、有二句二韻轉二句二韻又三句二韻以足之、如斯干之首章也者、有三句三韻轉三句一韻又二句一韻以足之、如無羊

仄以承平

古今不多韻同

取韻不協下一句

之次章也者，有二句二韻轉，三句一韻，又二句一韻以足之，如小旻之五章也者，有四句三韻，又承上二句一韻，又三句一韻以足之，如大田之三章也者。忽而不察，則氣脉不聯。雖然，此猶易讀也。有起而不韻，如我徂東山，慆慆不歸、文王曰咨，咨女殷商之類。有收而不韻，如于嗟麟兮、于嗟乎騶虞、其樂只且、狂童之狂也且、文王烝哉、于胥樂兮之類，皆自然之音，無俟補湊。雖然，此猶易讀也。生民之卒章以迄于今，而接上帝居歆也，今歆相韻，隔三句而非支。瞻卬之次章以女覆奪之，而起女覆說之，奪說相呼，合八句而二韻，不通其變，則音有為由。雖然，此猶易讀也。有云升彼虛矣，以望楚矣，又樂只君子，福祿膍之，優哉游哉，亦是戾矣，虎拜稽首，對揚王休，作召公考，天子萬壽，此數者皆仄以承平也。然節奏調暢，自是可讀。蓋四聲之辨，古人未有，中原音韻，此類寔多，舊音必以平叶平、仄叶仄也，無亦以今而泥古乎。總之，毛詩之韻，動於天機，不費彫刻，難与後世同日而論矣。

夏謙父曰：又有行文不能倒用而取韻，仍在上一字，如蝃蝀遠兄弟父母，取韻在父字与雨韻，父母無倒用之理，此行文之不得不然者，猶礼運之以篤父子，亦以父字与下俎鼓等韻，而子字非韻，此為用韻之變例。愚按：言告師氏，師与歸私衣韻；子有酒食，酒与上章栲杻埽考保韻；降喪飢饉，饉与威韻；謀猶回遹，回与威韻；佻佻公子，公与東空叶；昀昀原隰，原与山叶；諸父兄弟，兄与上皇叶；下章猶慶叶播厥百穀、百与碩若叶、三爵不識、不与上之之不不之叶、六日不詹、不与上不期叶、天步艱難、艱与雲叶、乃及王季、王与商京行王叶、天難忱斯、忱与任任叶、同爾兄弟、兄与王王方叶、雖無老成人、成与刑聽傾叶、周餘黎民黎与摧雷遺畏摧叶、王命卿士、卿与上明明王叶、

惐在東